Knaur.

Timothy Carter

BÖSER ENGEL

Roman

Aus dem Amerikanischen
von Nicole Friedrich

Knaur Taschenbuch Verlag

Die amerikanische Originalausgabe erschien 2009 unter dem Titel
»Evil?« bei Flux, an imprint of Llewellyn Publications,
Woodbury/Minnesota.
www.fluxnow.com

Deutsche Erstausgabe Juni 2010

Redaktion: Michael Meyer
Umschlaggestaltung: ZERO Werbeagentur, München
Umschlagabbildung: © Ken Wong; helloken@kenart.net
Satz: Daniela Schulz, Stockdorf
Druck und Bindung: CPI – Clausen & Bosse, Leck
Printed in Germany
ISBN 978-3-426-50698-1

2 4 5 3 1

Prolog

Neuerdings tue ich es unter der Dusche. Das warme Wasser wirkt entspannend, ich bin sowieso schon nackt, und es gibt immerhin so etwas wie den Anschein von Privatsphäre.

Am liebsten mache ich es natürlich im Bett. Dort ist es um einiges gemütlicher. Umringt von strategisch plazierten Taschentüchern, liege ich dann da, gebe mich meinen Phantasien hin und lasse meinen Fingern freien Lauf.

Warum ich es dennoch unter der Dusche mache? Weil mein Bett quietscht. Und wie. Die kleinste Bewegung reicht aus, um meine Mutter auf den Plan zu rufen, so laut ist es. Einmal stand sie unangemeldet im Türrahmen. Der Bettdecke sei Dank bekam sie nicht mit, was sich darunter abspielte.

Weshalb ich meine Tür nicht verriegele? Weil es kein Schloss gibt. Privatsphäre ist ein Konzept, an das meine Mom nicht glaubt. Einzig die Haustür und der Hinterausgang können verriegelt werden. Richtig, nicht einmal die Badezimmertür lässt sich abschließen. Mom, meine Schwester Tiffany und mein Bruder Joshua platzen alle naselang herein, wenn ich auf dem stillen Örtchen bin. Aber Josh ist der Einzige, der mich auch stört, wenn ich dusche. Zum Glück nervt er mich dabei allerdings eher selten. Das laute Rauschen des Wassers signalisiert jedem unmissverständlich, dass das Bad besetzt ist.

Das ist einer der Gründe, warum ich die Dusche als Ort für mein spezielles Entspannungsprogramm gewählt habe – und weil belastende Beweise umgehend davongespült werden.

Darum fühlte ich mich also auch an jenem verhängnisvollen Sonntagmorgen sicher. Mit geschlossenen Augen steigerte ich das Tempo und erlebte meinen ganz persönlichen Augenblick vollkommener Glückseligkeit. Genau in dem Moment hörte ich, wie der Duschvorhang zurückgeschoben wurde. Ich riss die Augen auf und sah Josh, der wie gebannt auf mein bestes Stück starrte.

»Josh!«, schrie ich und bedeckte meine Blöße mit den Händen. »Was machst du hier? Zisch ab!«

»Mom schickt mich. Ich soll dir sagen, dass wir in zehn Minuten zur Kirche fahren«, erklärte er mir, den Blick noch immer auf meinen Unterleib gerichtet.

»Super«, erwiderte ich. »Raus mit dir.«

»Was machst du denn da?«, wollte er wissen.

»Ich dusche, du Flasche!«

»Dein Ding ist so groß«, meinte Josh. »Und vorne ist was rausgelaufen. Hast du gepinkelt?«

»Du hast es erfasst«, antwortete ich, drehte den Wasserhahn zu und angelte mir ein Handtuch. »Und jetzt zieh Leine. Ich störe dich ja auch nicht beim Duschen, oder?«

»Warum benutzt du denn nicht das Klo, wenn du musst?«, fragte er, ohne sich von der Stelle zu rühren.

»Das geht dich gar nichts an«, gab ich zurück, während ich mich in das Handtuch wickelte. »Hau endlich ab!«

»Stellt dein Ding sich immer auf, wenn du Pipi machst?«,

beharrte er. »Wie kannst du dann das Klo treffen, wenn es so komisch steht?«

»Zisch ab. Sofort«, knurrte ich, schob ihn zur Tür hinaus und ließ sie laut ins Schloss fallen. Ich lehnte mich dagegen, damit er nicht auf die Idee kam, noch einmal hereinzukommen.

»Ich gehe zu Mom und sage ihr, dass du gemein zu mir warst«, meinte Josh beleidigt und stapfte davon.

»Gott sei Dank«, seufzte ich und trocknete mich ab.

Wie hatte ich nur so unvorsichtig sein können? Normalerweise vergewissere ich mich immer, dass die Tür geschlossen ist, ehe ich zur Sache komme. Wenn Josh Mom erzählt, was ich getan habe, könnte das ziemlich peinlich für mich werden, dachte ich bei mir.

Wie naiv ich damals doch gewesen bin! Aber woher hätte ich wissen sollen, was für eine Lawine ich lostreten würde, nur weil ich mich ein wenig mit mir selbst vergnügt hatte?

1

Ich heiße Stuart Bradley und lebe im Norden Ontarios in einem Dorf namens Ice Lake. Der Ort zählt gerade mal vierhundert Seelen, von denen die meisten fromme Christen sind. Ich bin der Einzige, der etwas aus der Reihe tanzt. Zum Beispiel deshalb, weil ich mit dem ganzen religiösen Kram einfach nichts anfangen kann. Und das ist nicht die einzige Erklärung für meine »Kleingläubigkeit«, wie Mrs. Farmson, die Leiterin meiner Jugendgruppe, es bezeichnen würde.

Es gibt außerdem ein paar weitere Gründe, warum ich mich von den anderen unterscheide. Zum einen wäre da mein »Hobby«, über das glücklicherweise nur wenige Bescheid wissen. Es hat etwas mit Kerzen, Tierblut und Beschwörungsformeln zu tun. Aber mehr dazu später.

Tja, und dann wäre da noch die Tatsache, dass ich mir, wenn es um Poster spärlich bekleideter Berühmtheiten geht, lieber Brad Pitt als Angelina Jolie an die Wand hänge. Erraten, ich bin schwul. Gemerkt habe ich es vor zwei Jahren, kurz vor unserem Umzug aus der Großstadt in die Provinz. Man sieht es mir nicht auf den ersten Blick an. Ich bin weder tuntig, noch kleide ich mich besonders ausgefallen oder chic. Außerdem schwärme ich nicht für Mädchenfilme und neige auch nicht dazu, übertrieben einfühlsam zu sein. Wenn es jedoch darum geht, in wessen Gegenwart ich lieber nackt bin, gewinnt das männliche Geschlecht. So bin ich nun mal. Oder um es so auszudrücken, wie ich es meiner Jugendgruppe gegenüber formuliert habe: Ich bin, wie Gott mich geschaffen hat.

Das hat mir eine Menge Pluspunkte eingebracht.

Erstaunlicherweise hat mir niemand je wegen meiner sexuellen Orientierung das Leben zur Hölle gemacht. Nur einmal hat es überhaupt eine Rolle gespielt. Aber wie die Sache mit meinem »Hobby« spare ich mir diese Geschichte für später auf.

Die Fahrt zur Kirche verlief in beinahe feierlicher Stille. Mom saß am Steuer, Tiffany auf dem Beifahrersitz, und Josh und ich teilten uns die Rückbank. Normalerweise nölte Josh die ganze Fahrt darüber rum, was er mit seiner freien Zeit anstellen könnte, wenn er nicht in die Kirche gehen müsste. Mom und Tiffany wechselten sich dann ab, mit Engelszungen auf ihn einzureden.

Heute hingegen hüllte Josh sich in Schweigen und starrte mir auf den Schritt. So, als würde er darauf warten, dass sich dort etwas regte. Ich faltete die Hände zusammen, legte sie in den Schoß und tat, als würde ich nichts merken.

Auf Tiffanys Schoß hingegen lagen ein aufgeschlagener Ordner sowie ein Stapel Karteikarten. Sie unterrichtete in der Sonntagsschule und nahm ihre Stelle sehr ernst. Sonst musste sie fast jedes Mal ihre Last-Minute-Vorbereitungen unterbrechen, um Josh die Bedeutung der Sonntagsschule näherzubringen – doch auch das war heute anders. Tatsächlich kam es mir so vor, als wäre es im Auto seit der Fahrt zu Dads Beerdigung nicht mehr so still gewesen.

Dad war ein Freigeist gewesen, also das genaue Gegenteil von Mom. Er hatte als Trickfilmzeichner für eine große Filmgesellschaft in der Stadt gearbeitet. Mom und er hatten sich bei einer Kirchenveranstaltung kennengelernt. Im Gegensatz zu Mom war er nicht sonderlich religiös gewesen und hatte uns stets ermutigt, unsere eigenen Antworten zu suchen. Mom und Tiffany ist er damit zwar kräftig auf die Nerven gegangen, aber er hat uns alle geliebt und es uns auch auf seine Weise wissen lassen.

Dann ist er erschossen worden. Bei einem Streit zwischen zwei Gangs. Er hatte das Pech, zur falschen Zeit am falschen Ort gewesen zu sein.

Kurz nach seinem Begräbnis sind wir nach Ice Lake gezogen. Mom meinte, auf dem Land wären wir vor solchen Gewalttätigkeiten sicher.

Anscheinend spürte Mom nun, dass es ähnlich ruhig war wie vor Dads Beerdigung. Sie versuchte die Stimmung aufzulockern, indem sie ein Gespräch anfing.

»Worum geht es heute in deiner Stunde?«, fragte sie Tiffany.

»Das würde ich gerne noch geheim halten«, antwortete Tiffany. »Die Idee zu dem Thema ist mir erst gestern Abend gekommen. Eigentlich hatte ich vor, mit dem Fünften Buch Mose weiterzumachen, aber dann …«

»Ja?«, hakte Mom nach.

»Ich erzähle dir später davon, ja?«, wich meine Schwester aus. »Es ist wirklich etwas … Hey, sind das da drüben nicht die Farmsons?«

Vor uns bog ein grauer Minivan auf den Parkplatz der Kirche. Ja, es waren die Farmsons, die frömmste Familie von ganz Ice Lake. In jeder Kleinstadt gibt es eine Familie, die päpstlicher als der Papst ist. Und diese Rolle war den Farmsons wie auf den Leib geschneidert.

Normalerweise waren sie die Ersten, die sonntags eintrafen – und damit schlugen sie selbst Father Reedy für gewöhnlich um zehn Minuten. Aber heute war ihnen dieses Kunststück nicht gelungen. Es waren bereits fünf oder sechs Autos da.

Mom wählte einen Parkplatz in unmittelbarer Nähe des Minivans, und wir stiegen aus. Mit ihrem Sohn Jacob im Schlepptau steuerten Mr. und Mrs. Farmson geradewegs auf uns zu. Die drei sahen wie aus dem Sonntags-Ei gepellt aus. Die Anzüge von Vater und Sohn wirkten, als kämen sie frisch aus der Reinigung, und ihre Schuhe waren so auf Hochglanz poliert, dass man fast geblendet wurde. Und dann war da noch Mrs. Farmsons Kleid, das so konservativ war, dass es ihr etwas Androgynes verlieh.

Im Gegensatz dazu sahen wir aus, als hätten wir einen Altkleidercontainer geplündert.

»Hallo«, begrüßte uns Mrs. Farmson und winkte wie Königin Elizabeth. Sie war mittleren Alters, gab sich aber wesentlich betagter und gebrechlicher. Und das, obwohl sie meines Wissens kerngesund war. Irgendwann hatte sie wohl einfach beschlossen, sich wie ein Porzellanpüppchen zu bewegen.

»Scheint, als hätte der Herrgott schützend seine Hand über euch gehalten«, fügte Mr. Farmson hinzu. Er war groß und kräftig, wie ein Holzfäller. Was an und für sich gut passte, da er den Holzhandel am Rande der Stadt leitete.

»Uns geht es gut, danke der Nachfrage«, antwortete Mom und schob ein »Gelobt sei der Herr« hinterher.

Ich stöhnte innerlich auf. Das Gottesgelaber hatte wieder begonnen.

Ich ließ die anderen stehen und schlenderte auf die Kirche zu. Schließlich hatte ich noch etwas zu erledigen, ehe der Gottesdienst begann.

Das Kirchengebäude erinnerte an einen großen roten Schuhkarton und war alles andere als eine Augenweide. Keine Bleiglasfenster, kein Glockenturm, geschweige denn eine Kirchturmspitze. Lediglich ein überdimensionales Metallkreuz an der Längsseite wies den Bau als Gotteshaus aus.

Direkt hinter dem Hauptportal verlief ein Gang, der zu Father Reedys Büro und einer Pantry-Küche führte. Ich öffnete die Tür zur Küche, in der ein großes Becken mit Wasser stand.

Weihwasser.

Ich legte meinen Rucksack ab, öffnete ihn und holte drei leere Fläschchen hervor. Für mein »Hobby« benötige ich Weihwasser, und mein Vorrat war zu Ende gegangen. Nachdem ich die erste Flasche geöffnet hatte, tauchte ich sie vorsichtig unter Wasser.

»Hallo, Stuart.«

Um ein Haar wäre mir die Flasche aus den Händen geglitten. Ich fuhr herum und sah Father Reedy, der mit betont ausdrucksloser Miene im Türrahmen stand.

Ich mochte Father Reedy. Er war um die vierzig, konnte sich nicht über Haarausfall beklagen und war so cool, wie ein Geistlicher es eben sein konnte. Er war der Meinung, dass das Christentum die Macht des Guten sein sollte, ohne dabei über andere zu richten. Außerdem vertrat er die Meinung, die spirituelle Reise eines jeden Menschen sei absolute Privatangelegenheit. Ich empfand tiefen Respekt für ihn. Er war der Erste, mit dem ich darüber gesprochen habe, dass ich schwul bin. Es hat ihn nicht einmal ansatzweise aus der Fassung gebracht. Überhaupt war er nur schwer zu beeindrucken. Nicht einmal mein »Hobby« konnte ihn aus dem Konzept bringen.

»Hast du genug Wasser?«, fragte er.

»Eigentlich wollte ich drei Flaschen mitnehmen«, antwortete ich. »Lieber zu viel als zu wenig.«

»Da hast du recht«, stimmte er mir zu. »Aber du weißt, was ich davon halte, Stuart. Ich mache mir große Sorgen um deine Sicherheit.«

»Ich passe auf«, versprach ich.

»Dein Wort in Gottes Ohr«, meinte Father Reedy und überließ mich wieder mir selbst.

Eine Minute später war ich zurück im Kirchenvorraum. Meine Mom und Mr. Farmson waren gerade dabei, die Mäntel auszuziehen, während Josh und Tiffany sich angeregt mit Mrs. Farmson unterhielten.

»Da bist du ja, Stuart«, sagte die Porzellanpuppe. »Tiffany und ich sprechen gerade über den heutigen Unterricht. Wie es aussieht, wollte der Herr, dass wir beide das Thema in letzter Minute ändern.«

Das war also der Grund für ihre Verspätung, dachte ich.

»Was steht denn Schönes auf dem Stundenplan?«, erkundigte ich mich.

»Die Sünde des Onan«, antwortete Mrs. Farmson.

Etwas in meinem Inneren machte klick.

»Was ist das?«, wollte Josh wissen.

»Das wirst du gleich erfahren«, sagte Tiffany und lief rot an.

»Die Sünde, mit den eigenen Geschlechtsteilen zu spielen«, erklärte Mr. Farmson und machte dabei eine unmissverständliche Geste.

»Stephen, bitte!«, rief Mrs. Farmson, doch ihr Mann lachte nur.

Mir dagegen war nicht nach Lachen zumute. Ich hatte einen Kloß im Hals und sah zu Josh herab, der mich voller Entsetzen anstarrte.

»Ich gehe schon mal und halte uns eine Reihe frei«, sagte ich schnell und hastete in das Innere der Kirche.

2

Da sprach Juda zu Onan: »Geh zu deines Bruders Frau und nimm sie zur Schwagerehe, auf dass du deinem Bruder Nachkommen schaffest.« Aber da Onan wusste, dass die Kinder nicht sein Eigen sein sollten, ließ er's auf die Erde fallen und verderben, wenn er einging zu seines Bruders Frau, auf dass er seinem Bruder nicht Nachkommen schaffe.
Genesis 38, 8–9

»Also«, sagte Mrs. Farmson und schlug die Bibel zu, »hat jemand noch Fragen?«

Zwölf Teenager, mich eingeschlossen, starrten sie mit großen Augen an. Das taten wir eigentlich immer, wenn sie etwas aus der Bibel vorgelesen hatte. Aber dieses Mal schwang noch etwas anderes in unseren Blicken mit. Uns war natürlich allen klar, worum es hier ging, aber keiner von uns verspürte nur im Geringsten den Wunsch, es in Worte zu fassen.

Wir saßen auf Plastikstühlen in einem kleinen Raum im Keller der Kirche, der kaum genug Platz für alle bot. Die Stühle standen entlang der Wände aufgereiht, während Mrs. Farmson direkt vor der Tür saß. Von dort aus konnte sie uns alle im Auge behalten und blockierte zugleich den einzigen Ausgang.

Eigentlich sind mir die Treffen des kirchlichen Jugendklubs ein Greuel, aber heute war ich sogar in gewisser Weise dankbar. Josh hatte mir während des ersten Teils des Gottesdienstes ständig eigenartige Blicke zugeworfen, so dass ich erleichtert war, als wir uns endlich in die jeweiligen Sonntagsschulgruppen aufteilten.

Da sich keiner von uns auf die Frage meldete, ging Mrs. Farmson dazu über, Augenkontakt aufzunehmen. Paul, ein Sportass aus der Footballmannschaft der Schule (und außerdem der Freund meiner Schwester), hatte nicht schnell genug weggeguckt.

»Was meinst du, Paul?«, fragte Mrs. Farmson ihn.

»Bedeutet es das, was ich denke, das es bedeutet?«, antwortete Paul ausweichend.

»Was glaubst du denn, was es bedeutet?«, hakte Mrs. Farmson nach.

»Nun … der Teil darüber, wie Onan … seinen Samen vergießt«, sagte Paul und lief rot an. »Es klingt, als ob …«

Mrs. Farmson hüllte sich in Schweigen, wie sie es immer tat, wenn unsere Antworten ihren Ansprüchen nicht genügten. Paul warf erst ihr und dann uns einen hilflosen und flehenden Blick zu, aber niemand kam ihm zu Hilfe.

»… er mit sich selbst spielt«, fuhr Paul eilig fort.

Chester, der schwabbelige Junge, der mir gegenübersaß, stieß ein Kichern aus. Als Mrs. Farmson ihn scharf ansah, verstummte er augenblicklich.

»Wärst du so freundlich, Chester, Pauls Antwort noch etwas näher auszuführen?«, bat sie ihn mit zuckersüßer Stimme.

Am liebsten hätte ich laut losgelacht, konnte mich aber gerade noch am Riemen reißen. Das hast du jetzt davon, du kleiner Idiot, dachte ich. Ich hatte im Laufe der Zeit gelernt, in solchen Situationen lieber die Klappe zu halten.

»Er meint damit …«, setzte Chester an, »wenn man sich selbst berührt. Da unten«, fügte er hinzu und deutete auf seinen Schritt.

»Igitt«, sagte Jane, eine dünne Möchtegernblondine mit weißer Bluse und knielangem Rock.

»Das ist ja widerlich!«, meinte Lucie, eine Brünette mit riesiger Brille und einem Secondhand-Kleid.

»Voll krass daneben«, warf Ryan ein, ein weißer Junge in Baggy Jeans und Kapuzenshirt. »Packste dich selbst an, Mann, biste dran.« Ryan hielt sich für einen Rapper, war aber leider vollkommen talentfrei.

»Es ist eine Sünde«, verkündete Jacob Farmson mit lauter Stimme und richtete sich pflichtbewusst auf. In seinen Augen war fast alles eine Sünde.

»Wirklich?«, fragte Chester eine Spur zu hastig.

Sehr gut, dachte ich, bin ich also nicht der Einzige.

»Selbstverständlich ist es eine Sünde«, bestätigte Mrs. Farmson und beäugte Chester kritisch. »Ich hoffe, dass euer gesunder Menschenverstand euch davon abgehalten hat, dieser Gefahr zu erliegen.«

»Was mich betrifft, ja, Mutter«, sagte Jacob.

»Ich weiß, mein Sonnenschein«, antwortete Mrs. Farmson. »Wie sieht es mit den anderen aus? Könnt ihr mir in die Augen sehen und schwören, dass ihr reinen Gewissens seid?«

Oje, dachte ich. Dem Ausdruck in Chesters Gesicht nach zu urteilen, dachte er dasselbe wie ich. Wenn er klug war, hielt er den Mund. Bedauerlicherweise war er es nicht.

»Ist es denn echt so schlimm?«, fragte er. »Nicht, dass ich so etwas tun würde«, schob er rasch nach, wobei er Mrs. Farmsons Blick auswich, »aber ist es tatsächlich genauso schlimm wie Mord? Oder Diebstahl? Oder Homosexualität?«

»Hey!«, rief ich.

»Nichts für ungut, Stu. Das geht nicht gegen dich«, sagte Chester, ohne mich dabei anzusehen. Den Blicken anderer auszuweichen, war heute Chesters große Stärke. Und das aus gutem Grund, was mich betraf.

»Wir wissen alle, dass du dich für diese Lebensweise entschieden hast«, sagte Mrs. Farmson verständnisvoll. »Ich glaube jedoch fest daran, dass du deinen Fehler schon bald einsehen wirst.«

»Vielen Dank auch«, murmelte ich.

»Die Sünde des Onan zählt zu den liederlichsten Sünden auf Erden«, fuhr sie fort. »Am besten, ich lese euch die nächste Zeile auch noch vor: ›Da gefiel dem Herrn übel, was er tat, und er tötete ihn auch.‹«

»O Gott«, entfuhr es Chester.

»Du sollst den Namen des Herrn, deines Gottes, nicht missbrauchen«, donnerte Jacob.

»Entschuldigung«, sagte Chester.

»Voll krass«, sagte Ryan.

»Was genau meinst du damit?«, wollte Mrs. Farmson von ihm wissen.

»Na ja«, erklärte Ryan. »Den Typen dafür gleich um die Ecke bringen? Hätte der da oben ihn nicht mit einer Warnung davonkommen lassen können?«

»Gottes Taten sind unfehlbar«, gab Jacob zurück. »Zweifel an ihm sind Zweifel an seiner Göttlichkeit!«

»Ryan hat recht«, mischte Jane sich ein. »Warum bestraft Gott die Mörder und Vergewaltiger dieser Welt dann nicht mit dem Tode? Was sie tun, ist doch viel schlimmer, als … als sich selbst zu berühren, oder?«

»Was habe ich gerade über Zweifel am Allmächtigen gesagt?«, regte Jacob sich auf.

»War ja nur 'ne Frage«, verteidigte Jane sich.

»Fragen zu stellen lässt darauf schließen, dass der Glaube zu schwach ist!«, wetterte Jacob.

»Tut es nicht«, widersprach Mrs. Farmson ihrem Sohn. »Das Thema hatten wir bereits, Jacob. Fragen bringen uns näher an die Wahrheit Gottes.«

»Aber, Mutter …«

»Gott findet sexuelle Sünden besonders schlimm, nicht wahr?«, riss Lucie das Wort an sich. »Ich meine, er hat Ehebruch mit in die Zehn Gebote aufgenommen und Sodom und Gomorrha plattgemacht, weil es dort nur so von Homos wimmelte … Nichts für ungut, Stuart.«

Ich brummte nur.

»Der Allmächtige findet jegliche Form der Sünde schlimm«, sagte Jacob.

»Das stimmt«, pflichtete Mrs. Farmson ihm bei. »Und damit wir genau diesen Sünden aus dem Weg gehen, müssen wir uns bewusstmachen, was alles dazu zählt.«

Mrs. Farmson ging erneut auf Onan ein und gab uns Ratschläge, wie wir am besten standhaft bleiben konnten. Da ich nicht vorhatte, mit meinen Duschspielchen aufzuhören, schaltete ich kurzerhand auf Durchzug. Mir entging jedoch nicht, dass Chester sich fleißig Notizen machte und Jacob ihn dabei aufmerksam beobachtete. Armer Chester.

»Eines noch, ehe wir den heutigen Unterricht wie immer mit einem Gebet beschließen«, meinte Mrs. Farmson.

An der Stelle klinkte ich mich wieder ein.

»Vergesst bitte nicht, dass am Freitag die Gruppe aus Wernsbridge anlässlich unseres Jugendtreffens kommt.«

Ich stöhnte innerlich. Ich hasse Jugendtreffen. Das einzige, das ich bislang miterlebt hatte, war mit den Wernsbridgern gewesen und hatte mir gereicht. Für jemanden, der nicht sehr gläubig ist, sind diese Heile-Welt-Veranstaltungen die reinste Psychofolter. Vor allem, wenn man auch noch gezwungen ist, sich aktiv einzubringen.

»Betet für gutes Wetter«, fuhr Mrs. Farmson fort, »und kommt direkt im Anschluss an die Schule zum Wender's Park. Ach ja, Stuart ...«

»Schon gut, schon gut«, sagte ich. »Mach bitte nichts Schwules.«

»Vielen Dank«, meinte Mrs. Farmson. »Chester, wärst du so nett, das Schlussgebet zu sprechen?«

Chesters Gebet war unbeholfen und holprig, gespickt mit Ähms, Ähs und abgedroschenen Phrasen wie »Wir danken Dir dafür, dass Du uns hier zusammengeführt hast«. Das soll jetzt aber nicht heißen, dass ich es besser gemacht hätte. Keiner von uns riss sich je darum, das Abschlussgebet zu sprechen – mit Ausnahme von Jacob. Es war, als säße man auf dem elektrischen Stuhl. Und Mrs. Farmson liebte es, jemanden auf den elektrischen Stuhl zu schicken – im übertragenen Sinne.

Während ich mit ansah, wie Chester sich abmühte, dachte ich an unsere erste Begegnung zurück. Es war beim letzten Treffen mit der Jugendgruppe in Wernsbridge gewesen. Er und seine Familie hatten damals dort gelebt und mich bei sich aufgenommen.

Wie sich herausstellte, war Chester sich nicht ganz sicher, zu welchem Ufer er tendierte – ihr wisst schon, was ich meine. An einem Abend, als der Rest seiner Familie bereits im Bett lag, trafen wir uns zum Petting im Keller. Oberhalb der Gürtellinie, versteht sich. Ich kann mir kaum vorstellen, dass ich in diesem Teil des Landes irgendwann mal richtig auf meine Kosten komme.

Am nächsten Morgen sprach Chester auf einmal kein Wort mehr mit mir. Er tat gerade so, als hätte er ein schweres Verbrechen begangen. Als wir zum Treffen der Jugendgruppe kamen, wurde mir auch klar, warum.

Es war der Tag, an dem ich Reverend Feltless kennenlernte. Ein hagerer, älterer Mann in Schwarz. Schwarzes Hemd unter einem schwarzen Jackett, schwarze Hose, Socken und Schuhe. Das einzige Kleidungsstück, das nicht schwarz war, war seine Baseballkappe. Offenbar war er ein Fan der Toronto Blue Jays. Und er liebte seine Kopfbedeckung abgöttisch. Man sah ihn praktisch nie ohne die Kappe, nicht einmal in der Kirche. Es ist schon ein wenig eigenartig, der Predigt eines baseballkappentragenden Geistlichen zu lauschen.

Vor allem, wenn dieser ein ausgemachter Schwulenhasser ist. Die Predigt drehte sich ausschließlich darum, wie böse und gefährlich die schwule Lebenskultur sei und dass der homosexuelle Plan mit allen Mitteln bekämpft werden müsse. Ich hatte bis dahin gar nicht gewusst, dass ich einen Plan verfolgte: Offenbar war es mein erklärtes Ziel, so viele wie möglich zum Schwulentum zu bekehren, um sie anschließend mit Aids anzustecken. Was, wenn man es sich recht überlegt, ein ziemlich widersinniges Vorhaben wäre. Ich schätze, Reverend Feltless hatte die Sache nicht ganz gründlich durchdacht.

Natürlich hielt ich schön brav meinen Mund. So wie Chester. Der sprach weder nach der Kirche mit mir noch während der Veranstaltung im Anschluss an den Gottesdienst. Ich konnte sein Verhalten zwar verstehen, aber das hieß noch lange nicht, dass es mir auch gefiel.

Dann, einige Monate später, zogen Chester und seine Familie nach Ice Lake. Und immer, wenn ich ihn sah, wurde ich an diesen entsetzlichen Tag erinnert.

Trotzdem wurmte es mich, dass ich meine Chance mit ihm nicht richtig genutzt hatte. Chester konnte nämlich verdammt gut küssen. Als ich ihn jedoch näher kennenlernte, stellte sich heraus, dass er … leider auch ein Trottel war. Noch dazu ein egozentrischer Trottel. Es hätte nicht funktioniert.

Nachdem Chester endlich das Gebet zu Ende gebracht hatte, sagten wir amen. Vom Flur drangen Schritte und gedämpfte Stimmen zu uns herein. Die Sonntagsschule war vorbei. Ich war als Erster bei der Tür. Als ich sie öffnete, erblickte ich direkt vor mir meinen kleinen Bruder Josh, der mich mit weit aufgerissenen, funkelnden Augen anstarrte.

»Du bist ein Sünder«, sagte er.

Oje, dachte ich. Und ahnte Schlimmes.

3

»Sünder!«, sagte Josh laut und zeigte anklagend mit dem Finger auf mich. Wodurch sich meine Absicht, mich unbemerkt davonzuschleichen, erledigt hatte.

»Halt die Klappe, Josh«, zischte ich und drückte seine kleine Hand unsanft nach unten. Da stand ich also im Untergeschoss der Kirche, umringt von Sonntagsschulkindern und den dazugehörigen Lehrern, darunter auch meine Schwester Tiffany. Keine sehr günstige Ausgangssituation, selbst nicht in guten Zeiten. Und von denen war ich Lichtjahre entfernt.

»Du hast gesündigt!«, fuhr er fort.

Mir war klar, was als Nächstes kam. Ich versuchte noch, Josh den Mund zuzuhalten, doch er wich zurück und plärrte: »Du bist wie Onan!«

Mit einem Schlag war es mucksmäuschenstill. Wie dünne Nadeln durchbohrten mich die Blicke der anderen – kein besonders angenehmes Gefühl.

»Josh, du sollst nicht lügen«, wies ich ihn zurecht, obwohl ich wusste, dass es keinen Zweck hatte.

»Stuart, sag, dass das nicht wahr ist«, schaltete sich Tiffany ein, die klang, als hätte ich sie persönlich verraten.

»Nein, das kann ich mir nicht vorstellen«, sagte Mrs. Farmson in ebenso verletztem Tonfall.

»Ich mir schon«, fiel Chester mir mit einem dümmlichen Grinsen in den Rücken.

Irgendwo weiter hinten fing eine Handvoll Kinder an zu kichern.

»Du bist widerlich«, meinte Jane.

»Mach, dass du Land gewinnst!«, fauchte Lucie.

Jacob, der für gewöhnlich als Erster seinen Senf dazugab, durchlöcherte mich mit feindseligen Blicken.

»Wird Gott ihn auch totmachen?«, fragte eines der jüngeren Kinder.

»Okay, das reicht«, sagte ich. »Ihr macht aus einer Mücke einen Elefanten.«

»Also gibst du es zu?«, wollte Jacob wissen, als er seine Stimme wiedergefunden hatte.

»Ach, Stuart«, seufzte seine Mutter. »Wie konntest du nur?«

»Ich gebe gar nichts zu, damit das klar ist«, verteidigte ich mich. »Ich finde nur, dass ihr den ganzen Kram einfach viel zu ernst nehmt. So schlimm ist es doch gar nicht. Ich habe niemanden umgebracht, nichts gestohlen, nicht die Frau eines anderen begehrt oder einen falschen Gott angebetet.«

»Trotzdem ist und bleibt es ein sündiger Akt«, warf Tiffany ein.

»Genau!«, schob Jacob nach.

»Das haben wir gerade eben erst besprochen«, meldete sich Chester zu Wort.

»Wie auch immer«, sagte ich und bahnte mir einen Weg durch die Menge. »Ich mach dann mal einen Abflug.«

Sie ließen mich gehen. Nicht, dass ich mir Sorgen gemacht hätte, sie würden mich gewaltsam daran hindern. Das heißt, ein klitzekleines bisschen mulmig war mir schon zumute. Was, wenn sie darauf bestanden hätten, dass ich auf die Knie sank und um Vergebung bat?

Ich konnte allerdings spüren, wie mir sämtliche Blicke folgten. An der Treppe wandte ich mich um, sah von meinem Bruder zu meiner Schwester, dann zu Mrs. Farmson, zu Jacob und all den anderen. Schweigend und voller Unbehagen betrachteten sie mich – als würde ich mich vom Schauplatz eines Mordes entfernen und hätte das blutige Messer noch in der Hand.

»Regt euch wieder ab«, sagte ich, drehte mich um und lief nach oben.

Normalerweise blieb ich bis zum Ende des zweiten Teils des Gottesdienstes, weil Mom darauf bestand. Heute gönnte ich mir eine Auszeit. Es kam gar nicht in Frage, dass ich mich zu den anderen setzte, als wäre nichts geschehen, nur damit sie tuscheln und mich anstarren konnten. Außerdem hatte ich Wichtigeres zu erledigen.

Ganz oben auf der Liste der Dinge, die mir wichtiger waren, stand mein Hobby. Und genau dem würde ich jetzt wie jeden Sonntag nachgehen.

In einem Café kaufte ich Kaffee und Donuts. Für das, was ich vorhatte, war zwar keine Verpflegung notwendig, etwas Essbares dabeizuhaben, erleichterte die Sache jedoch ungemein, wie mir die Erfahrung gezeigt hatte.

Mein nächster und letzter Halt war ein leerstehendes Geschäftsgebäude abseits der Hauptstraße. Die Eingangstür war verschlossen, aber ich kannte ein Schlupfloch: Eines der Fenster im zweiten Stock war nicht verriegelt. Nachdem ich mich vergewissert hatte, dass mich niemand beobachtete, erklomm ich die Feuerleiter und kletterte durch besagtes Fenster.

In den oberen Geschossen befanden sich die früheren Büro- und Privaträume des Ladenbesitzers. Nachdem ich die Treppe gefunden hatte, tastete ich mich nach unten voran. Abgesehen von den dünnen Lichtstrahlen, die durch die mit Holzbrettern vernagelten Fenster fielen, gab es kein Licht. Und solange ich mir nicht hundertprozentig sicher sein konnte, dass mich nicht doch jemand entdeckte, verzichtete ich lieber auf den Einsatz meiner Taschenlampe.

Im Keller war ich jedoch vor neugierigen Augen geschützt. Ich stellte meinen Rucksack ab, holte die Taschenlampe hervor und knipste sie an.

Viel zu sehen gab es nicht. Ein paar Stühle und einige alte Verkaufsständer. Der Holzfußboden war dreckig, bot aber genug Platz für das, was ich vorhatte. Bei genauerer Betrachtung konnte ich die Kreidestriche des Dreiecks erkennen, das ich bei meinem letzten Besuch gezeichnet hatte. Nachdem ich mich im Schneidersitz daneben niedergelassen hatte, stellte ich die Taschenlampe so ab, dass sie die Decke anstrahlte. Dann machte ich mich an die Arbeit.

Die Bewohner von Ice Lake wären, um es freundlich auszudrücken, alles andere als erfreut gewesen, wenn sie gewusst hätten, dass ich regelmäßig einen Dämon heraufbeschwor. Die meisten Menschen bekamen es ja bereits bei der Andeutung, dass derartige Gestalten existieren könnten, mit der Angst zu tun. Warum ich das tat? Aus einem einzigen Grund: Ich wollte die Wahrheit hören.

Das Haus war der perfekte Ort für eine Dämonenbeschwörung. Vor zehn Jahren hatte es hier einen Mord mit anschließendem Selbstmord gegeben, weshalb sich auch nie ein Nachmieter gefunden hatte. Es war in vielerlei Hinsicht ideal für mich und mein Hobby. Die Wahrscheinlichkeit, dass mich jemand störte, war gering, und Orte, an denen Böses geschehen war, eigneten sich hervorragend für das Heraufbeschwören von dämonischen Kreaturen. Die physischen

Barrieren zwischen den Welten sind dann schwächer oder so. Zumindest habe ich etwas in der Richtung in einem meiner Bücher über schwarze Magie gelesen.

Als erste Amtshandlung entzündete ich einige Kerzen, ehe ich das Kreidedreieck erneuerte. Ich hatte herausgefunden, dass sich ein Dreieck um einiges besser dazu eignete, das Tor zur Hölle zu öffnen, als das traditionelle sternförmige Pentagramm. Sobald ich mit der Kreidezeichnung fertig war, fuhr ich die Linien noch mit einem Pinsel nach, den ich zuvor in das Blut eines unschuldigen Wesens getaucht hatte. Und es war leicht gewesen, es zu besorgen: Ich hatte nicht mehr zu tun brauchen, als meinem Bruder die Hand abzuhacken.

Kleiner Scherz am Rande. Ich hatte das Blut vom Metzger bekommen. Tierblut ist unschuldig, und für gewöhnlich vermisst es niemand.

Anschließend nahm ich eine Flasche mit Weihwasser, benetzte damit meine Hände und zeichnete die Linien erneut nach – ein immens wichtiger Bestandteil der Zeremonie. Damit verhinderte ich, dass der Dämon in unsere Welt eintreten würde. Mit Weihwasser und dem richtigen Gesang dazu entsteht eine Barriere, die kein Dämon überwinden kann. Solange ich nur darauf achtete, dass die Linien des Dreiecks unversehrt blieben, bis ich ihn zurück in die Hölle schickte, war ich in Sicherheit.

Nachdem ich einen Kaffee und einen Donut in die Mitte des Dreiecks gestellt hatte, holte ich den Rest meiner Ausrüstung aus dem Rucksack. Mein Dad hatte mir vor seinem Tod das beste Geburtstagsgeschenk gemacht, das es überhaupt geben konnte: eine Videokamera samt Stativ. Ich plazierte die Kamera so, dass sie auf das Dreieck gerichtet war, und vergewisserte mich noch einmal, dass das Objektiv für Nachtaufnahmen aufgeschraubt war. Es war nicht ganz preiswert gewesen, aber dafür jeden einzelnen Cent wert. Schließlich wäre es sinnlos, einen Dämon zu filmen, wenn die Kamera ihn nicht sehen kann.

Als die Kamera lief, setzte ich mich hin und stimmte den Beschwörungsgesang an. Die Worte waren einfach und wiederholten sich. Ich schloss die Augen und stellte mir vor, wie der Zauber zu wirken begann.

»Ran Kinpra Techettgai Manhuff«, wiederholte ich ein ums andere Mal. Dabei richtete ich meine gesamte Konzentration auf die Worte, damit sie Wirkung zeigten. »Ran Kinpra Techettgai Manhuff.«

Ein Knistern erfüllte die Luft, und ich spürte, wie die Flammen der Kerzen heißer wurden. Mist. Das vergaß ich jedes Mal. Und immer nahm ich mir von neuem vor, mich bei der nächsten Beschwörung unbedingt etwas weiter weg hinzusetzen.

Ein Donnerschlag ertönte, und ein penetranter Gestank nach Fliesenreiniger breitete sich aus. Dämonen riechen nämlich nicht nach Schwefel, sondern nach Reinigungsmittel. Warum, ist mir bis heute ein Rätsel.

Ich öffnete die Augen und betrachtete den Dämon, der geduckt in der Mitte des Dreiecks kauerte. Er war klein, kaum größer als ein Pekinese. Seine drahtigen Arme und Beine waren mit stachelartigen Zacken bedeckt, die steinhart zu sein schienen. Sein Kopf hatte die Form eines Eis, seine Augen erinnerten an einen Halbmond, und in seinem Mund glitzerte eine wilde Ansammlung spitzer Zähne. Da er keine Nase hatte, störte ihn der intensive Geruch nach Badreiniger vermutlich kaum.

»Du schon wieder«, sagte der Dämon mit seiner hohen, winselnden Stimme.

»Fon Pyre«, begrüßte ich ihn. »Hiermit unterwerfe ich dich meinem Willen und befehle dir, nichts als die Wahrheit zu sprechen.«

»Ich wünschte mir«, antwortete der Dämon, »du würdest nur ein einziges Mal diese Formel vergessen.«

4

Vielen Dank für den Kaffee«, sagte Fon Pyre, nachdem er sich einen großen Schluck genehmigt hatte. »Und was ist das? Ein Donut? Heute muss mein Glückstag sein.«

»Freut mich, dass es dir gefällt«, meinte ich und nahm einen Schluck aus meinem eigenen Becher. »Ich hätte da noch eine Reihe von Fragen für mein Filmprojekt. Iss schnell auf, damit wir loslegen können.«

»Fragen, immer nur Fragen. Bin ich denn sonst für nichts anderes gut?«, wollte Fon Pyre wissen. »Du rufst mich jetzt seit, lass mich überlegen, sieben Monaten. Ich dachte, wir wären mittlerweile so etwas wie Freunde.«

»Ach wirklich?«, entgegnete ich. »Soll das heißen, es wäre an der Zeit, dich aus dem Dreieck herauszulassen? Damit wir gemeinsam ins Kino gehen können, oder wie stellst du dir das vor?«

»Warum eigentlich nicht?«, meinte Fon Pyre.

»Sag mal, Fonny«, sagte ich. »Angenommen, ich ließe dich tatsächlich heraus, was würdest du dann als Erstes mit mir machen?«

»Ich würde dir die Augen ausstechen«, antwortete er.

»Und als Nächstes?«

»Dir die Finger brechen«, ließ er mich wissen. »Einen nach dem anderen.«

»Und danach?«

»Danach würde ich dir den Bauch aufschlitzen und in deinen Eingeweiden herumtanzen.«

»Das war doch bestimmt noch nicht alles, oder?«

»Nein, ich würde dir die Haut abziehen und sie essen.«

»Verstehe. Und wie sähe dein letzter Akt aus?«

»Ich würde dich verbrennen.«

»Alles klar«, sagte ich und tat, als würde ich nachdenken. »Nein. Ich fürchte, das mit dem Freilassen wird heute nichts.« Dann beugte ich mich nach vorne, so dass mein Gesicht um Haaresbreite die magische Grenze berührte. »Ziemlich beschissen, wenn man immer die Wahrheit sagen muss, nicht wahr?«

Fon Pyre murmelte etwas vor sich hin, das ich nur zur Hälfte verstand.

»Ich verbiete dir, so über meine Mutter zu sprechen«, erklärte ich scharf. »Und zieh nicht so eine Fratze. Dir wird gefallen, was ich heute mit dir besprechen möchte. Sobald du aufgegessen hast, sage ich dir, worum es geht.«

Fon Pyre warf mir einen bitterbösen Blick zu, ehe er herzhaft in den Donut biss. Anscheinend hatte er tatsächlich geglaubt, ich würde ihm die Wir-sind-Freunde-Nummer abkaufen. Er denkt eben nur, er würde mich kennen.

Im Gegensatz zu mir. Denn ich kenne ihn ziemlich gut. Zumindest weiß ich, dass ich ihm nicht vertrauen darf. Fon Pyre kann charmant, witzig und manchmal sogar niedlich sein, aber er wird mich niemals so weit bringen, dass ich vergesse, mit wem ich es hier zu tun habe.

»Okay, ich bin fertig für meine Großaufnahme«, sagte Fon Pyre, nachdem er den Donut verputzt hatte. »Was für einen

Schwachsinn hat deine Jugendgruppe dir dieses Mal eintrichtern wollen?«

»Es ging um die Sünde Onans«, erklärte ich ihm.

Fon Pyre sah mich einen Augenblick lang an. Dann ließ er sich nach hinten fallen und lachte.

»Hör auf«, sagte ich. »Es ist mein Ernst.«

»Ich weiß«, meinte Fon Pyre. »Deshalb ist es ja so lustig.«

Ich rang mir ein Lächeln ab. Er hatte recht, das Ganze entbehrte nicht einer gewissen Komik.

»Nimmst du eigentlich beide Hände dazu?«, fragte Fon Pyre noch immer schmunzelnd. »Oder bist du eher der Zwei-Finger-und-Daumen-Typ?«

»Ich möchte nur wissen, ob es eine Sünde ist«, erwiderte ich. »Sei so nett und sag der Kamera, ob Gott damit ein Problem hat, wenn ein Mensch … du weißt schon.«

»Sich einen fummelt?«, schlug er vor und brach erneut in schallendes Gelächter aus. »Seinen ganz privaten Joystick bedient? Eine Runde Taschenbillard spielt?«

»War's das?«, fragte ich leicht genervt.

»Noch lange nicht«, antwortete Fon Pyre. »Ich hätte da noch einige auf Lager.«

»Behalt sie für dich, okay?«, sagte ich, obwohl ich zugeben musste, dass der Vergleich mit dem Joystick nicht schlecht war. »Ich befehle dir, dir keine weiteren Umschreibungen einfallen zu lassen. Sag mir einfach, ob es eine Sünde ist oder nicht.«

»Natürlich nicht!«, rief er. »Was deinen Zuschauern aber auch längst klar sein müsste.«

Er hatte nicht ganz unrecht. Im Laufe unserer letzten Sitzungen hatte er, wenn auch unfreiwillig, mit sogenannten Sünden aufgeräumt. Das erste Mal hatte ich ihn heraufbeschworen, als ich noch damit zu kämpfen hatte, schwul zu sein. Ich hatte wissen wollen, wie es um mich bestellt war. Ob Gott Homosexuelle hasste. Eine Frage, die Fon Pyre eindeutig verneint hatte.

»Gott ist es einerlei, wen du küsst«, hatte er gesagt, und das hatte mir gereicht. Das war außerdem der Moment, in dem mir die Idee gekommen war, ihn zu filmen und einen Dokumentarfilm aus seinen Antworten zu machen. Dadurch sollte die Welt endlich die Wahrheit über Falsch und Richtig, Gut und Böse erfahren und erkennen, was für ein Wesen Gott eigentlich war.

Als Erstes filmte ich Fon Pyres Aussage, dass es keine Religion gibt, die allwissend ist. Für mich war das nicht sonderlich schockierend, sondern vielmehr eine Bestätigung dessen, was ich bereits seit längerem ahnte. In späteren Sitzungen erklärte er, dass Gott auch nichts gegen Verhütung hat, dass Frauen und Männer gleichberechtigt sind und dass es weder ein Armageddon noch ein Jüngstes Gericht geben wird; dass gegen ein wenig Magie nichts einzuwenden ist, solange man weiß, was man tut; und dass *Der Goldene Kompass* tatsächlich ein ganz spannendes Buch ist.

»Den Film dazu kannst du dir allerdings getrost sparen«, hatte Fon Pyre mich informiert. »Der ist was fürs Schlaflabor.«

Angesichts der bisherigen Enthüllungen war die Antwort auf meine heutige Frage also keine große Überraschung. Trotzdem: Nach der Art und Weise, wie mich die anderen Gemeindemitglieder im Keller angestiert hatten, tat es gut, eine Bestätigung zu erhalten.

»Sieh es mal so«, sagte ich. »Wenn ich dich nicht gefragt hätte, was hätten wir beide dann heute mit unserer Zeit angefangen?«

»Ich hätte mit meinen Freunden gechillt«, ließ Fon Pyre

mich wissen. »Etwas, das für dich wohl kaum in Betracht kommt, oder?«

»Was soll das denn heißen?«, fragte ich.

»Komm schon, Junge«, erwiderte Fon Pyre. »Du beschwörst mich doch bloß alle naselang herauf, weil du nichts Besseres zu tun hast. Hättest du so etwas wie Freunde, würden wir uns viel seltener sehen.«

»Was redest du da?«, fuhr ich ihn an. »Ich rufe dich nur deshalb, weil ich diesen Film machen will.«

»Und den kannst du in aller Seelenruhe drehen«, meinte er, »weil du kein Sozialleben hast. Stimmt's, oder habe ich recht?«

»Weder das eine noch das andere«, schoss ich zurück, obwohl mir nur zu klar war, dass er ins Schwarze getroffen hatte. Dieser kleine Mistkerl!

»Wie du meinst«, sagte er gelangweilt. »Du bist ja schließlich nicht derjenige von uns beiden, der dazu verpflichtet ist, die Wahrheit zu sagen.«

»Ist ja gut. Zugegeben, zu den beliebtesten Jugendlichen gehöre ich nicht«, räumte ich ein. »Aber meine Mitschüler kämen im Traum nicht darauf, die Fragen zu stellen, mit denen ich mich an dich wende. Wenn man ihnen erzählt, das oder das sei eine Sünde, glauben diese Volltrottel es auch noch. Und das nur, weil ein Erwachsener es ihnen gesagt hat.«

»Ach so, verstehe«, entgegnete Fon Pyre. »Und weil du Dinge hinterfragst, hältst du dich für etwas Besseres?«

»Ja. Nein! Ich weiß nicht«, antwortete ich. »Für heute reicht es mir. Ich schicke dich jetzt zurück.«

»Waschlappen«, gab Fon Pyre zurück. »Lass dich von mir nicht aufhalten, wenn du Wichtigeres zu tun hast.« Er unterstrich seine Worte mit einer obszönen Geste.

»Verschwinde, du Kreatur des Teufels«, befahl ich. »Kehre zurück in das Reich der Hölle, das dich hervorgebracht hat.«

Ein gleißender Blitz, und der Dämon samt selbstzufriedenem Lächeln waren verschwunden. Es fuchste mich, dass er mich ertappt hatte. Normalerweise lassen mich seine spöttischen Bemerkungen kalt. Aber heute war eben alles ein wenig anders.

Der Punkt ging an ihn. Ich glaubte in der Tat, ich sei den Menschen von Ice Lake überlegen. Als schwuler und halbwegs intelligenter Teenager inmitten so einer Gemeinde ist das eigentlich nicht weiter verwunderlich: Immerhin warteten die Leute hier förmlich auf das Ende der Welt und darauf, dass Gott sie jeden Augenblick erretten würde. Wenn mich das zu einem Snob macht, bitte schön.

Ich packte meine Kamera zusammen, blies die Kerzen aus und war keine zwei Minuten später wieder auf der Feuerleiter. Da die Dreharbeiten für heute beendet waren, war es an der Zeit, nach Hause zu gehen und mir meine Strafpredigt abzuholen, weil ich die Kirche früher als erlaubt verlassen hatte. Vermutlich würde eine Woche Hausarrest dabei herausspringen. Was für jemanden ohne Freunde eine eher milde Strafe war. Dann würde ich die Nachmittage eben damit verbringen, meine Hausaufgaben zu machen oder an meinem Film zu arbeiten. Und zwischendurch ausgiebig zu duschen.

Als ich zu Hause ankam, wurde mir jedoch sofort klar, dass mir statt eines entspannten Nachmittags die reinste Hölle bevorstand. Father Reedys Auto stand in der Auffahrt, daneben der Minivan der Farmsons.

Hinter der Eingangstür wartete bereits Tiffany auf mich. Sie hatte sich an den Wandschrank gelehnt und begrüßte mich mit einem Blick, in dem Abscheu und Überheblichkeit mitschwangen. Josh stand hinter ihr und sah mich ängstlich an.

»Was?«, sagte ich.

Tiffany blieb stumm. Sie drehte sich um und ging weg.

»Was?«, wiederholte ich.

»Ist er das?«, fragte Mom vom Wohnzimmer aus. »Sagt ihm, er soll auf der Stelle herkommen.«

»Du steckst in großen Schwierigkeiten«, murmelte Josh, machte auf dem Absatz kehrt und hastete hinter Tiffany her.

5

Mit einem breiten Lächeln betrat ich das Wohnzimmer.

»Wie ich hörte, soll ich in ›großen Schwierigkeiten‹ stecken?«, sagte ich und malte Gänsefüßchen in die Luft.

Ich weiß beim besten Willen nicht, was mich dazu getrieben hat, mit diesem aufgesetzten Frohsinn die sprichwörtliche Höhle des Löwen zu betreten. Vielleicht, weil ich ahnte, worum es ging, es aber nicht wahrhaben wollte.

»Also«, fuhr ich fort, »wenn ihr sauer seid, weil ich nicht bis zum Ende des Gottesdienstes geblieben bin, dann ...« Nein, ich war mir ziemlich sicher, dass es hier um etwas anderes ging. Wie ich schon sagte, ich legte instinktiv eine groteske Heiterkeit an den Tag. Vermutlich überzeugte mich der Anblick meiner Mutter auf dem Sofa, Father Reedys im Ohrensessel und Mrs. Farmsons im Schaukelstuhl davon, dass es nicht mehr schlimmer kommen konnte. Kein Tee und/oder Kaffee auf dem Couchtisch, nirgends ein Hinweis auf Plätzchen oder Kuchen. Mit anderen Worten: Es handelte sich hier nicht um einen Plausch unter alten Freunden.

»Setz dich«, befahl mir meine Mutter.

Erst jetzt fiel mir auf, dass man mir einen Küchenstuhl hingestellt hatte. Wie zuvorkommend. Als ich Platz nahm, merkte ich, dass ich einem Halbkreis von vernichtenden Blicken gegenübersaß. Der Stuhl stand nicht zufällig an ebendieser Stelle. Die Tatsache, dass alles penibel vorbereitet war, fand ich schon ziemlich unheimlich.

Nicht, dass ich ihnen einen Vorwurf machen konnte. Schließlich findet man nicht jeden Tag heraus, dass der eigene Sohn Dämonen heraufbeschwört. Irgendwie musste mir ein Fehler unterlaufen sein. Vielleicht hatte ich meinen Computer angelassen und vergessen, die Filmdateien zu schließen. Ich konnte nur raten, wie es sich abgespielt haben musste. Wahrscheinlich hatte mein Bruder sich in mein Zimmer geschlichen, Fon Pyre auf dem Monitor entdeckt und sich die kleine Lunge aus dem Leib geschrien. Daraufhin war sicher Mom hereingestürzt, hatte sich meinen Film angesehen und die Panikattacke des Jahrhunderts bekommen. Und *voilà*: Sie hatte den Krisenstab einberufen.

»Wir wissen, was du tust«, meldete sich Mrs. Farmson zu Wort. Ich wäre jede Wette eingegangen, dass sie darum geknobelt hatten, wer das sagen durfte.

»Was meinen Sie damit?«, fragte ich mit unschuldiger Miene. Ich hatte beschlossen, mich dumm zu stellen und herauszufinden, wie viel sie gesehen hatten. »Geht es darum, dass ich die Messe geschwänzt habe?«

»Darüber sind wir alles andere als begeistert«, sagte meine Mom, »aber das steht hier nicht zur Debatte.«

»Dann nehme ich an, dass Mrs. Farmson dir von dem Typen erzählt hat, den ich geküsst habe«, sagte ich. »Aber habe ich dir nicht vor zwei Jahren erklärt, dass ich schwul bin?«

»Auch darum geht es hier nicht«, meinte Mom.

»Worum dann?«, fragte ich und wartete förmlich darauf, dass sie endlich die Katze aus dem Sack ließen.

»Dein Bruder ... hat heute Morgen etwas beobachtet«, setzte Mom an. »Er hat gesehen, wie du eine schlimme Sünde begangen hast.«

Ich starrte zehn Sekunden lang in die Runde.

»Was denn?«, fragte ich schließlich.

»Weißt du noch, worüber wir heute in der Gruppe gesprochen haben?«, fügte Mrs. Farmson hinzu. »Die Sünde des Onan.«

»Das ist also der Grund für das Ganze hier?«, fragte ich ungläubig. Deshalb dieser Affentanz?

»Joshua hat Miss Dunnabler beschrieben, was du getan hast«, schaltete sich nun auch Father Reedy ein. »Es ist nicht sehr wahrscheinlich, dass er sich das ausgedacht hat.«

»Wie hat sie es verkraftet?«, fragte ich.

»Sie erholt sich langsam davon«, antwortete Father Reedy. »Ich habe ihr gut zugeredet und habe versucht, sie ein bisschen zu beruhigen.«

Ich konnte nicht anders und musste lächeln. Wenn die Farmsons im Urlaub gewesen waren, hatte Miss Dunnabler den Unterricht in meiner Jugendgruppe übernommen. Und dabei hatte ich sie ziemlich gut kennengelernt: Miss Dunnabler war die Unschuld in Person und hatte keinen blassen Schimmer davon, was tatsächlich in der Welt abging.

»Das ist alles andere als lustig, junger Mann«, fuhr Mom mich an. »Ich finde dein Benehmen einfach abstoßend.«

»Warum regt ihr euch eigentlich alle so auf?«, hielt ich dagegen. »Ich nehme keine Drogen, ich trinke nicht, ich habe keinen ungeschützten Sex, und ich habe niemanden umgebracht, verdammt noch mal.« Es war mir unbegreiflich, was das ganze Theater sollte.

»Ich verbitte mir solche Flüche in Gegenwart eines Geistlichen!«, schimpfte Mom mit mir.

»Was ich damit sagen will«, versuchte ich es ein weiteres Mal, »ist, dass ich niemandem Schaden zugefügt habe. Was ich getan habe, ist doch nicht schlimm. Es gibt hier kein Opfer zu beklagen oder so etwas.«

»Doch, das gibt es«, sagte Mrs. Farmson. »Dich.«

»Wie bitte?«, rief ich. »Wie kann ich mir denn selbst Schaden zugefügt haben?«

Mein Unbehagen wuchs. Schade eigentlich, denn unter anderen Umständen hätte ich dem Ganzen sogar etwas Unterhaltsames abgewinnen können.

»Weil es eine Sünde ist«, erklärte Mrs. Farmson. »Du hast dir den Zorn des Allmächtigen zugezogen. Und du weißt genau, was Gott mit Onan getan hat.«

»Ich bitte Sie, Mrs. Farmson«, ergriff Father Reedy das Wort. »Ich bin überzeugt davon, dass Gott mit Stuart wegen dieser Sache nicht so hart ins Gericht gehen wird.«

»Aber so steht es in der Bibel«, rief meine Mutter und klang fast schon hysterisch. »Zumindest hat Mrs. Farmson mir das erzählt. Das stimmt doch, Cheryl, oder?«

»So steht es geschrieben«, sagte Mrs. Farmson und hielt mit einer theatralischen Geste die Taschenbuchausgabe des Neuen Testaments in die Höhe. Im Grunde war das lächerlich, da die Geschichte des Onan im Alten Testament steht. »Wir haben heute Morgen in der Gruppe darüber gesprochen, Father Reedy. Gottes Worte lassen hier keinen Zweifel zu. Ich bin erstaunt, dass Ihnen das nicht klar ist.«

»Verstehe«, entgegnete Father Reedy, der die Beleidigung offenbar auf die leichte Schulter nahm. »Wenn uns die beiden Damen jetzt bitte entschuldigen würden. Ich glaube, es ist das Beste, wenn ich mit Stuart unter vier Augen spreche.«

»Wie Sie meinen«, gab Mom zurück und verließ gemeinsam mit Mrs. Farmson den Raum. Besonders weit kamen die beiden jedoch nicht. Sie lehnten die Tür hinter sich an, blieben dahinter stehen und lauschten.

»Wären die Damen vielleicht so nett, uns einen Tee zu machen?«, meinte Father Reedy und wedelte unmissverständlich mit der Hand. »Und gegen ein paar Sandwiches hätte ich auch nichts einzuwenden.«

Wie aufs Stichwort drehten sie sich um und gingen in die Küche, aus der kurze Zeit später das Klappern von Geschirr drang.

»Damit wären die beiden erst mal eine Weile beschäftigt, und wir können in Ruhe reden«, sagte Father Reedy. »Man könnte fast denken, dass die Leute ein mulmiges Gefühl dabei haben, wenn sie einen Jungen mit einem Priester alleine lassen.«

Meine Kinnlade setzte zum Sturzflug an, und meine Augen wurden tellergroß. Father Reedy war ein ziemlich cooler Typ, aber ich hätte nie gedacht, dass er zu solchen Witzen fähig wäre.

»Du kannst den Mund wieder zumachen«, fuhr er fort. »Wenn ich keine Scherze darüber machen darf, wer dann? Okay, lass uns noch mal über die Sache mit Onan sprechen. Ich vermute, dass du dieses Thema lieber fallenlassen würdest, wenn du die Wahl hättest. Das Ganze ist dir bestimmt unangenehm und peinlich, und ich kann dich gut verstehen. Anders als andere Gemeindemitglieder bin ich nämlich selbst mal ein Teenager gewesen.«

Ich musste lachen. Vermutlich hatte er genau das bezweckt.

»Ehe wir loslegen, möchte ich dir eine wichtige Frage stellen, Stuart«, erklärte Father Reedy und behielt dabei die Wohnzimmertür fest im Auge. »Hat Mrs. Farmson euch die gesamte Geschichte vorgelesen oder lediglich die Passage, in der Onan seinen Samen vergießt?«

»Nur den Teil mit dem Samen«, antwortete ich. »Und wie Gott über ihn gerichtet hat.«

»Verstehe«, meinte Reedy. »Interessiert es dich, worum es in der Geschichte wirklich geht?«

»Ja«, gab ich zurück.

»Onans Bruder war gestorben, ohne einen Erben hinterlassen zu haben«, erklärte Father Reedy mir. »Gemäß den damaligen Ehegesetzen war es Onans Pflicht, die Witwe seines Bruders zu heiraten, weil sie noch kinderlos war. Der erstgeborene Sohn aus dieser neuen Verbindung wäre als rechtmäßiger Nachkomme des Verstorbenen angesehen worden. Ihm wäre dann automatisch das Familienerbe zugefallen. Mit anderen Worten: Onan wäre leer ausgegangen.«

»Das ist ja krass«, sagte ich.

»Onan hielt sich an die Gesetze und heiratete Tamar, die Frau seines verstorbenen Bruders«, fuhr Father Reedy fort. »In der Hochzeitsnacht, beim Beischlaf, hat Onan dann ... Wie soll ich es ausdrücken? Er hat im kritischen Moment einen Rückzieher gemacht und ...«

»Und sich über den Boden ergossen«, beendete ich seinen Satz.

»Genau«, sagte Father Reedy. »Die Sünde bestand also nicht darin, dass er sich selbst befriedigt oder seinen Samen sinnlos verschwendet hatte. Vielmehr war sein Vergehen, dass er mit voller Absicht verhindert hatte, dass Tamar ein Kind bekam – und das nur, um an das Erbe seines Bruders zu gelangen. In der Heiligen Schrift steht, dass Gott über ihn richtete, weil er aus Habgier gehandelt hatte.«

»Wow«, meinte ich. »Wenn man die Geschichte mal im

ganzen Zusammenhang sieht, bekommt sie eine völlig neue Bedeutung.«

»Das wäre nicht das erste Mal, dass so etwas passiert«, gab Father Reedy zurück.

»Ich habe also nichts zu befürchten?«, fragte ich.

»Jein«, erwiderte Father Reedy. »Was mich betrifft, ist alles im grünen Bereich, und Gott ist mit Sicherheit auch nicht wütend auf dich. Aber mein Gefühl sagt mir, dass das für dich keine Neuigkeit ist. Kann das sein?«

»Na ja, ich habe direkt nach der Sonntagsschule ein paar Antworten zu diesem Thema eingeholt«, erklärte ich ihm. »Fon Pyre meinte, es wäre in Ordnung.«

»Du und ich, wir wissen das, und dein Dämonenfreund weiß es auch«, fuhr Father Reedy fort. »Die meisten Gemeindemitglieder sehen das leider anders. Allen voran Mrs. Farmson, dicht gefolgt von deiner Mutter. Eine Kleinstadt wie diese ist kein sonderlich guter Ort, um als Sünder abgestempelt zu werden, Stuart. Das könnte ziemlich hässlich für dich werden.«

»Meinen Sie wirklich?«, fragte ich. »Als ich mich geoutet habe, war das doch auch kein Problem.«

»Das stimmt, Stuart«, antwortete er, »aber jetzt liegt der Fall anders, das spüre ich. Als ich heute Morgen aufgewacht bin, hatte ich den dringenden Wunsch, über Onan zu predigen. Ich habe mich trotzdem dazu entschieden, bei meiner ursprünglichen Predigt zu bleiben. Aber mittlerweile habe ich erfahren, dass sämtliche Lehrer der Sonntagsschule, deine Schwester und Mrs. Farmson eingeschlossen, heute die Parabel mit Onan durchgenommen haben. Ich glaube nicht an Zufälle, Stuart.«

»Denken Sie, Gott hat es ihnen befohlen?«

»Nein«, sagte Reedy. »Es könnte auch etwas anderes gewesen sein. Der Vorfall dürfte bald in der gesamten Gemeinde die Runde machen. Etwas hat sie aufgehetzt, Stuart.«

»Sie meinen …« Ich zeigte nach unten.

»Könnte sein«, entgegnete Reedy. »Ich wollte dir bloß sagen, dass das, was du getan hast, in Ordnung und etwas vollkommen Natürliches ist – aber dass der Rest von Ice Lake das leider vollkommen anders sehen dürfte. Versprich mir, auf dich aufzupassen. Sollte es Probleme geben, steht dir meine Tür immer offen.«

»Probleme?«, fragte ich. »Was meinen Sie damit?«

Wie aufs Stichwort zersprang das Wohnzimmerfenster in tausend Scherben. Reedy und ich rissen zum Schutz die Hände vor die Gesichter. Als wir wenig später die Augen öffneten, entdeckten wir auf dem Boden einen Ziegelstein mit einem Zettel. Es stand nur ein Wort darauf:

Wichser!

»Solche Probleme meinte ich«, seufzte Father Reedy.

6

Die Vorstellung, am Montag wieder in die Schule gehen zu müssen, war alles andere als prickelnd. Der Gedanke daran, Schülern und Lehrern über den Weg zu laufen, die mein »schmutziges Geheimnis« kannten, klang so spaßig, wie Chilisoße statt Augentropfen zu nehmen.

Doch es half nichts: Mom bestand darauf. Sie setzte sich sogar über Father Reedys Sorgen um meine – physische und psychische – Sicherheit hinweg und machte allen Beteiligten klar, dass sie kein Wort mehr über den Vorfall hören wollte. Da sie uns selbst dann zwang, zur Schule zu gehen, wenn die Stadt so gut wie eingeschneit war, überraschte mich ihr harter Kurs nicht sonderlich. Vermutlich dachte sie, dass es mir recht geschähe, wenn ich von den anderen verspottet und schief angesehen würde.

»Dies«, hatte sie gestern mit dem Ziegelstein in der Hand erklärt, »ist eine Botschaft Gottes.«

»Ich denke, es ist in erster Linie ein Ziegelstein«, hatte Father Reedy dagegengehalten.

»Nein, er stammt direkt von Gott«, hatte meine Mutter an ihrer Meinung festgehalten, »der uns durch diese Hooligans, die ihn geworfen haben, wissen lassen will, dass er uns grollt.«

Ernsthaft, sie benutzte tatsächlich das Wort »Hooligans«.

Nachdem sie sich wieder ein wenig beruhigt hatte, erklärte sie mir, dass ich einen Monat lang Hausarrest hätte. Anschließend eröffnete sie mir, dass ich die Reparatur des Wohnzimmerfensters von meinem Taschengeld abstottern müsste. Autsch, dachte ich. Ich bekam nur zehn Dollar die Woche. Ich versuchte auszurechnen, wie viele Monate ich nicht flüssig sein würde, und kam auf mindestens fünf.

Einen Monat Hausarrest, kein Taschengeld und eine ganze Stadt, die wusste, was ich in meiner Freizeit tat. Das einzig Positive an der ganzen Situation war, dass ich wusste, wer den Stein geworfen hatte.

»Chester«, sagte ich, als ich ihn an seinem Spind abfing. »Kann es sein, dass du etwas zu beichten hast?«

»Dir bestimmt nicht«, antwortete er, ohne den Blick von seinen Schulbüchern zu heben, die er gerade sortierte.

»Dies kommt dir also nicht irgendwie bekannt vor?«, fragte ich und ließ das Beweisstück auf seinen Fuß fallen. Sein Jaulen war wie Musik in meinen Ohren. Endlich hatte ich seine ungeteilte Aufmerksamkeit.

»Was?«, presste er zwischen zusammengebissenen Zähnen hervor.

»An dem Ziegelstein«, sagte ich, »war ein Zettel befestigt. Mit deiner Handschrift. Ich frage dich also noch einmal, ob du mir etwas zu sagen hast.«

»Nein, habe ich nicht«, knurrte Chester. »Und jetzt sieh zu, dass du Land gewinnst. Ich möchte nicht mit dir zusammen gesehen werden.«

»Ach wirklich?«, entgegnete ich. »Damals in Wernsbridge hast du noch ganz anders gedacht.«

»Darüber möchte ich nicht reden.«

»Und wie war das letzten Freitag?«, fügte ich hinzu. »Da

bist du zu mir gekommen, um dir meinen Geschichtsordner auszuleihen.«

»Das war«, entgegnete Chester, »bevor ich wusste, dass du gerne mal an dir rumspielst.«

»Hör mir gut zu, Ches«, sagte ich und beugte mich zu ihm vor, »der Schaden an dem Fenster kostet ein halbes Vermögen. Ich weiß, dass du es warst. Es ist deine Handschrift, und außerdem habe ich mir die Nummer vom Truck deines Vaters aufgeschrieben, als du geflohen bist.«

»Du lügst«, gab er zurück. Er hatte recht. Ich hatte nichts dergleichen getan. Aber das musste ich ihm ja nicht unbedingt auf die Nase binden.

»Ich hätte da einen heißen Tipp für dich«, fuhr ich fort. »Wenn du Scheiben zertrümmerst, solltest du es nicht am helllichten Tag tun.«

Seinem Blick nach zu urteilen hatte ich ihn so weit. Gleich würde er gestehen. Und dann würde ich *ihm* die Reparaturkosten aufs Auge drücken. Ehe er jedoch antworten konnte, landete eine Hand auf meiner Schulter und drückte fest zu.

»Stuart«, ertönte die unverwechselbare Stimme von Mr. Raiser, dem Schuldirektor. »Was soll das werden?«

»Ich unterhalte mich«, erwiderte ich.

»Dasselbe würde ich auch gerne mit dir tun«, meinte Mr. Raiser. »In meinem Büro. Auf geht's.«

Und schon war Chester aus dem Schneider. Der selbstgefällige Ausdruck auf seinem Gesicht verriet mir, dass er sich dessen ebenfalls bewusst war. Ich zeigte mit dem Finger auf ihn und warf ihm einen finsteren Blick zu, als wollte ich ihm sagen, dass die Sache noch lange nicht ausgestanden war. Insgeheim wusste ich jedoch, dass ich verloren hatte. Er würde keinen Cent für das Fenster lockermachen. Die Sache war vom Tisch.

Mit dieser niederschmetternden Erkenntnis wurde ich in den Verwaltungstrakt bugsiert.

»Stuart«, setzte Rektor Raiser an, nachdem er die Bürotür hinter uns geschlossen hatte. »Wir sind eine Schule mit christlicher Ausrichtung. Weißt du, was das heißt?«

»Klar«, antwortete ich. »Keine Evolutionstheorie im Biounterricht.«

»Es ist weit mehr als nur das«, sagte er mit einem eisigen Blick über seine aneinandergelegten Fingerspitzen, die ein steiles Dach bildeten. »Es bedeutet vielmehr, dass sich diese Schule einem moralischen Ansatz verschrieben hat, den die meisten öffentlichen Schulen vermissen lassen.«

»Dessen bin ich mir durchaus bewusst«, erwiderte ich altklug.

»Das will ich auch hoffen«, meinte Mr. Raiser. »Eine Schule, die den Moralvorstellungen des Allmächtigen folgt, kann es unmöglich tolerieren, wenn sich Schüler darüber hinwegsetzen.«

»Und was hat das alles mit mir zu tun?«, fragte ich und tat, als hätte ich keinen blassen Schimmer.

»Uns ist zu Ohren gekommen«, sagte Mr. Raiser, »dass du gestern dabei erwischt worden bist, wie du einen … unmoralischen Akt begangen hast.«

»Was genau wird mir denn vorgeworfen?«, erkundigte ich mich. Wenn ich schon verhört wurde, dann wollte ich wenigstens, dass es auch für mein Gegenüber möglichst unangenehm war.

»Eine Sünde des Fleisches«, antwortete Mr. Raiser mit hochrotem Kopf.

»Sie meinen Völlerei?«, fragte ich und gab mich weiterhin unschuldig und ahnungslos.

»Eine sexuelle Sünde«, erklärte Mr. Raiser. »Du hast dich an unsittlichen Stellen selbst berührt.«

»Ich verstehe nicht ganz«, sagte ich. »Welche Teile meines Körpers sind denn unsittlich?«

»Dein Penis!«, entgegnete Mr. Raiser, dessen Verlegenheit jetzt in Wut umschlug. »Du bist dabei beobachtet worden, wie du deinen Penis berührt hast. Das ist eine Sünde, Stuart.«

»Nein, ist es nicht«, verteidigte ich mich. »Ich weiß aus zuverlässiger Quelle, dass …«

»Es reicht!«, unterbrach Mr. Raiser mich. »Noch ein Wort, und ich erteile dir einen Schulverweis.«

Mir blieb der Mund offen stehen. Meinte er es ernst?

»Fest steht«, fuhr er fort, »dass du den Rest des Monats nachsitzen wirst.«

»Wie bitte?«, rief ich. »Ich war doch nicht einmal in der Schule, als …«

»Du gibst es also zu?«, fuhr er erneut dazwischen. »Stuart, ich bin verpflichtet, dafür Sorge zu tragen, dass sich derart unmoralisches Verhalten nicht wiederholt. Aus diesem Grund ist es dir ab sofort untersagt, die Schultoiletten aufzusuchen – es sei denn, du bist in Begleitung eines männlichen Lehrkörpers.«

»Das ist ein Scherz, oder?«, platzte ich heraus. »Ich werde ganz sicher nicht in Gegenwart eines Lehrers die Hosen herunterlassen.«

»Entweder du willigst ein«, sagte Mr. Raiser, »oder ich habe keine andere Wahl, als dich von der Schule zu werfen. Haben wir uns verstanden?«

»Dagegen muss es doch ein Gesetz geben«, wehrte ich mich.

»Haben wir uns verstanden?«, wiederholte er.

»Ja, Sir«, antwortete ich. Was hätte ich sonst sagen sollen?

»Deine Lehrer sind bereits in Kenntnis gesetzt worden«, erklärte Mr. Raiser mir. »Und diese Regelung gilt so lange, bis du dich wieder als tugendhaft und vertrauenswürdig erwiesen hast.«

Der Weg vom Büro des Rektors zu meinem Spind zählt zu den demütigendsten Erfahrungen meines Lebens. Mittlerweile wimmelte es nur so von Schülern, und es schien, als wüssten alle Bescheid. Gespräche verstummten, sobald ich in Sichtweite kam, hinter meinem Rücken wurde getuschelt und gekichert, und egal, wohin ich sah, ich wurde wie ein Aussätziger angestarrt. Manche sahen mich voller Verachtung an, andere voller Abscheu. Die meisten schauten mich jedoch so an, als wäre ich eine wandelnde Witzfigur.

Und dann war da noch die Sache mit meinem Spind. Im Grunde hätte ich wissen müssen, was mich erwarten würde. Abgesehen von den gezeichneten Phallussymbolen war hier und da »Wichser« in den Lack gekratzt worden. Ich seufzte. Als ich den Spind öffnete, fielen mir Hunderte von religiösen Traktaten entgegen, die offenbar in aller Eile verfasst und gedruckt worden waren. Ich war mir nicht sicher, ob sie durch den Luftschlitz gesteckt worden waren oder ob der Hausmeister die Zahlenkombination meines Schlosses verraten hatte. Bei genauer Betrachtung der Sachlage war Letzteres wahrscheinlicher.

Einen Moment lang spielte ich mit dem Gedanken, blauzumachen, verwarf die Idee aber gleich wieder. Schließlich hatte ich schon genug Probleme am Hals. Ich schnappte mir die Bücher, die ich für den Unterricht brauchte, und verriegelte den Spind. Inständig hoffte ich, dass der Tag nicht so entsetzlich weitergehen würde, wie er angefangen hatte.

7

Der Tag wurde nicht so schlimm, wie ich befürchtet hatte. Er wurde noch viel schlimmer. Egal, welches Fach ich hatte, die Blicke der Lehrer waren stets dieselben. Deutlich gaben sie mir zu verstehen, dass sie genau wussten, was ich getan hatte. Sie betrachteten mich so, als würde es sie anwidern, während die Situation sie zugleich köstlich amüsierte.

Ich hielt so lange ein, wie ich konnte. Doch dann, mitten im Französischunterricht, hatte ich das Gefühl, meine Blase könnte jeden Augenblick platzen.

»Ich muss mal«, sagte ich zu Mr. Boone, meinem Französischlehrer.

»Verstehe«, antwortete er und erhob sich. »Alle mal herhören, bitte. Die Schulleitung hat entschieden, dass Stuart die Schultoiletten nicht mehr alleine aufsuchen darf. Er darf nur in Begleitung eines Lehrers gehen, um sicherzustellen, dass er nicht der Versuchung erliegt, sich mit sich selbst zu vergnügen. Wir sind in wenigen Minuten zurück.«

Noch nie in meinem Leben habe ich eine Klasse so laut lachen gehört. Und Mr. Boone tat nichts, um sie zur Ruhe zu bringen. Vermutlich fand er, dass ich es verdient hatte.

Zu dem Erlebnis auf der Jungentoilette möchte ich mich

lieber nicht äußern. Nur so viel: Es ist eine ziemliche Herausforderung, der Natur ihren freien Lauf zu lassen, wenn jemand dabei aufmerksam zusieht.

Als wir in den Klassenraum zurückkehrten, setzte Mr. Boone noch einen drauf. »Seid unbesorgt, Stuart ist rein geblieben«, sagte er. »Zumindest für den Moment.«

Wenn Blicke töten könnten, hätte jeder meiner Mitschüler in Flammen gestanden.

Biologie war nicht besser. Gleich zu Beginn der Stunde wollte Miss Bollaway von mir wissen, ob ich Harndrang verspürte. In dem Fall wollte sie gleich losgehen und einen männlichen Kollegen suchen, der mich begleitete. Die Klasse lag am Boden.

Und auch der Sportunterricht entpuppte sich als Tortur. Noch mehr als sonst.

»Hey, Stuie«, begrüßte mich Mr. Harker. »Was meinst du: Schaffst du es, mit deinen Gedanken so lange oberhalb der Gürtellinie zu bleiben, dass du was vom Unterricht mitbekommst?« Großes Gelächter. Im Grunde hatte ich nichts anderes von Harker erwartet. Er war groß, glatzköpfig und durchtrainiert – der bloße Anblick warnte jeden, sich besser nicht mit ihm anzulegen. Sportskanonen standen bei ihm hoch im Kurs, alle anderen hatten in seinen Augen keinen Respekt verdient. Typisch Sportlehrer eben.

»Wie wäre es mit ein wenig Aufwärmtraining?«, rief Mr. Harker in die Halle. »Eine Runde Brennball!«

Es ist wahrscheinlich unnötig zu erwähnen, dass ich diesen Mann gehasst habe. Dank ihm trug ich an diesem Tag unzählige blaue Flecken davon.

Der Unterricht war die Hölle, aber noch längst nicht damit zu vergleichen, was mich in der Mittagspause erwartete. Normalerweise aß ich alleine, doch heute war es keine freiwillige Einsamkeit. Trotz des großen Andrangs in der Cafeteria saß ich mutterseelenallein an einem der langen Tische. Niemand wollte etwas mit mir zu tun haben. Bis letzte Woche war ich ein Außenseiter, weil *ich* es so gewollt hatte. Jetzt war ich ein Geächteter.

Zum ersten Mal seit unserem Umzug nach Ice Lake wünschte ich mir, ich hätte einen Freund.

»Wie war es heute in der Schule?«, erkundigte sich Mom, als ich nach Hause kam. Für gewöhnlich fragte sie aus Interesse, heute hingegen klang es wie eine Anschuldigung.

»Es war die Hölle«, antwortete ich, stellte meinen Rucksack in der Diele ab und hängte meine Jacke auf.

»Ich möchte dieses Wort hier nicht hören«, fuhr sie mich an. »Dies ist ein frommer Haushalt, Stuart.«

»Schon gut«, erwiderte ich. »Schließlich will ich ja nicht im Fegefeuer enden.«

»Eben«, sagte sie. »Ich möchte, dass du dich sofort an die Hausaufgaben setzt.«

»Okay«, antwortete ich und nahm den Rucksack wieder in die Hand.

»Ach ja, Stuart?«

»Ja, Mom?«

»Lass bitte deine Zimmertür offen.«

»Wieso das denn?«, fragte ich, obwohl ich den Grund dafür nur zu gut kannte.

»Für den Fall, dass etwas Unmoralisches passiert«, gab sie zurück.

»Mom, es reicht!«, rief ich und stürmte in die Küche. »Wie weit willst du diese Sache noch treiben?«

»Ich tue alles, was nötig ist«, sagte sie unterkühlt, »damit dies ein christliches Haus bleibt.«

Ich ließ den Blick durch die Küche schweifen. Eigentlich hatte ich erwartet, dass sie längst das Abendessen vorbereitete. Doch stattdessen stand sie mit einer halb aufgerauchten Zigarette in der Hand am Fenster, den Blick nach draußen gerichtet. Der Aschenbecher auf dem Küchentisch quoll fast über. Wie es schien, hatte Mom ebenfalls einen miesen Tag hinter sich.

»Na gut«, lenkte ich ein, »lasse ich die Tür eben offen. Aber jetzt sag bitte nicht, dass du mich die ganze Nacht beobachten willst.«

Es dauerte einige Augenblicke, ehe sie mir antwortete.

»Weißt du eigentlich, wie meine Arbeitskollegen über mich sprechen, Stuart?«, rückte sie schließlich mit der Wahrheit heraus. »Sie sagen, ich sei keine gute Mutter. Sie geben mir die Schuld daran, dass es überhaupt so weit gekommen ist. Sie behaupten, dass ich nicht wüsste, wie man seinen Kindern Benehmen beibringt.«

»Verdammt«, sagte ich. »Mom, ich …«

»Und der Glaser verlangt nun das Dreifache davon, was die Reparatur normalerweise kostet«, fuhr sie fort. »Mit der Mutter eines … Selbstbefleckers will niemand etwas zu tun haben.«

»Das ist doch …«

»Wie du siehst, Stuart, hat dein Fehlverhalten auch Auswirkungen auf andere«, unterbrach sie mich. »Sünden ziehen immer Konsequenzen nach sich. Konsequenzen, die wir alle zu tragen haben. Denk mal in einer stillen Minute darüber nach, Stuart. Streng deinen Kopf an. Und, Stuart?«

»Ja, Mom?«

»Der Herr hört es nicht gerne, wenn du fluchst.«

Mom hatte recht. Ich war nicht der Einzige, der zu leiden hatte. Josh kam weinend nach Hause und hielt sich die Nase. Einer der älteren Jungen war der Meinung gewesen, der Bruder eines Selbstbefleckers hätte eine kleine Abreibung verdient. Und als Tiffany eine Stunde später eintraf, war sie ebenfalls in Tränen aufgelöst. Paul hatte meinetwegen mit ihr Schluss gemacht.

Die Stimmung beim Abendessen war angespannt. Wir wechselten kaum ein Wort, und wenn doch, klang es gezwungen und abweisend. Alle starrten mich an. So langsam beschlich mich das Gefühl, ich hätte tatsächlich etwas Entsetzliches und Unverzeihliches verbrochen.

Aber das hatte ich doch gar nicht! Fon Pyre hatte mir gesagt, dass es keine Sünde sei, sich selbst zu befriedigen, und Father Reedy hatte seine Aussage bestätigt.

Also, warum spielte die ganze Stadt verrückt?

»Warum spielt die ganze Stadt verrückt?«, durchbrach ich die Stille.

»Was sollen sie denn sonst tun?«, erwiderte Tiffany. »Wenn man bedenkt, was du getan hast.«

»Komm schon«, sagte ich. »Findest du wirklich, dass es eine besonders angemessene oder vernünftige Reaktion ist, was sie hier mit uns machen?«

»Du hast gesündigt«, ergriff Mom das Wort. »Man erntet, was man sät.«

»Father Reedy findet nicht, dass ich etwas falsch gemacht habe«, gab ich zurück und spielte damit meine einzige Trumpfkarte aus.

Mom warf mir einen kühlen Blick zu. Tiffany legte die Gabel beiseite. Josh tat es ihr gleich.

Ich dachte wirklich, ich hätte sie überzeugt.

Falsch gedacht.

»Das hat er niemals gesagt«, meinte Mom.

»Hat er wohl!«, rief ich. »Als wir uns unterhalten haben, im Wohnzimmer. Kurz bevor …«

»Father Reedy«, unterbrach Mom mich barsch, »ist ein Mann Gottes. So etwas würde ihm nie und nimmer über die Lippen kommen.«

Damit war das Gespräch beendet.

Später am Abend saß ich am Küchentisch und brütete über den Hausaufgaben. Mom war der Meinung, sie könne mir nicht vertrauen, wenn ich alleine in meinem Zimmer bliebe. Nichts, was ich sagte, konnte sie umstimmen.

Ich spielte mit dem Gedanken, Father Reedy anzurufen und ihm zu erzählen, was sich ereignet hatte. Schließlich hatte er mir seine Hilfe angeboten. Er hatte mich zwar gewarnt, dass mir harte Zeiten bevorstünden. Aber ich wette, er hatte nicht damit gerechnet, dass es so schlimm werden würde.

Just als ich zum Telefon greifen wollte, klingelte es an der Tür. Ich öffnete, in der Hoffnung, es wäre Paul, der sich bei Tiffany entschuldigen wollte. Oder Father Reedy, der nach mir sehen wollte.

Es war keiner von beiden. Nein, es war die Person, die ich am wenigsten sehen wollte.

»Chester!«, entfuhr es mir. »Was willst du?«

Vielleicht war er ja gekommen, um seine Schulden bei mir zu bezahlen? Nein, seinem Gesichtsausdruck nach zu urteilen ging es um etwas anderes.

»Ich weiß nicht, wo ich sonst hinsoll«, sagte er.

»Was ist denn passiert?«, hörte ich mich fragen. Ich war erstaunt, dass ich offenbar so etwas wie Mitgefühl empfand.

»Meine Eltern haben meine Pornohefte gefunden«, erklärte er. »Und sie haben mich kurzerhand vor die Tür gesetzt.«

Oje, dachte ich. Gerade wenn man denkt, dass es nicht schlimmer werden kann, passiert genau das.

8

Ich ließ Chester herein und führte ihn ins Wohnzimmer, wo er auf dem Sofa Platz nahm. Auf der einen Seite wollte ich dem Jungen helfen, auf der anderen war es mir wichtig, dass er sah, was er angerichtet hatte.

»Tut mir leid«, sagte Chester geknickt, den Blick auf das Fenster gerichtet, das wir notdürftig mit Pappe zugeklebt hatten.

»Darüber unterhalten wir uns später«, meinte ich. »Du bleibst hier, während ich schnell …«

»Hallo, Chester«, ertönte die Stimme meiner Mutter, die hinter mir in der Wohnzimmertür stand. »Ich fürchte, Stuart hat Hausarrest und darf zurzeit keinen Besuch empfangen.«

»Chester ist hier«, erklärte ich ihr, »weil seine Eltern ihn rausgeworfen haben.«

»Oh«, sagte sie. »Das klingt nicht gut, Chester. Wenn du möchtest, kannst du gerne ein paar Nächte hierbleiben.«

»Vielen Dank«, antwortete Chester. »Es tut mir leid, ehrlich.« Er deutete auf das Fenster, was meiner Mom jedoch zu entgehen schien.

»Schon in Ordnung«, gab sie zurück. »Du kannst Stuarts Zimmer haben.«

»Was?«, rief ich. »Und wo soll ich schlafen?«

»Du kannst hier im Wohnzimmer übernachten, auf dem Fußboden«, sagte Mom. »Chester, möchtest du etwas essen oder trinken? Stuart bringt dir gerne etwas.«

»Au ja«, entgegnete Chester und schenkte mir dasselbe überhebliche Lächeln, in dessen Genuss ich bereits am Morgen gekommen war. »Das wäre großartig.«

»Ich kann ihm ja ein Stück von dem Kuchen holen, den du mir als Nachtisch nicht gegönnt hast«, schlug ich vor und erhob mich. »Chester, warum erzählst du meiner Mom nicht in der Zwischenzeit, warum dich deine Eltern vor die Tür gesetzt haben?«

Das selbstgefällige Lächeln war wie weggewischt, und Chester wurde mit einem Schlag kreidebleich. Manchmal kann ich echt gemein sein.

Ich ging in die Küche, wo ich ihm ein Stück Kuchen abschnitt und ein Glas Saft einschenkte. Als ich zurückkam, beendete Chester gerade seine kleine Geschichte. Seine Wangen glühten, wie ich es noch nie bei einem Menschen gesehen hatte, und er starrte verlegen auf den Boden. Meine Mutter warf ihm einen frostigen Blick zu. Der Schock, gleich zwei Sünder unter ihrem Dach zu beherbergen, stand ihr deutlich ins Gesicht geschrieben.

»... sie meinten, ich könnte unmöglich weiter mit ihnen zusammenleben, wenn ich mir so etwas Schmutziges ansehe«, sagte Chester. »Sie haben Angst, ich könnte werden wie ... er.« Er zeigte auf mich.

»Ist er schon an der Stelle angekommen, an der er unser Fenster eingeworfen hat?«, schoss ich zurück.

»Jetzt geht deine Phantasie mit dir durch. Hör auf, dir solche Sachen auszudenken«, gab meine Mom zurück.

»Aber er hat es doch getan!«, protestierte ich.

»Es reicht, Stuart!«, sagte sie entschieden. »Gib ihm den Kuchen.«

»Bitte schön«, knurrte ich und reichte ihm Teller und Glas.

»Vielen Dank«, antwortete Chester mit einem neuen süffisanten Lächeln. »Und mach dir keine Sorgen: Ich werde schon nichts in deinem Zimmer durcheinanderbringen.«

»Wie recht du hast«, meinte Mom, »du wirst nämlich die Nacht zusammen mit Stuart hier auf dem Boden verbringen.«

»Was?«, fragte Chester, und seine Selbstgefälligkeit war wieder verflogen. »Aber Sie sagten doch, ich ...«

»Schluss jetzt!«, unterbrach Mom ihn barsch. »Hätte ich gewusst, was du verbrochen hast, hätte ich dich erst gar nicht bei uns aufgenommen, Chester. Wenn ich es mir genau überlege, dann ...«

»Komm schon, Mom«, schaltete ich mich ein. »Wirf ihn nicht raus. Wo soll er denn hin? Und warum nehme ich dich eigentlich in Schutz?«, sagte ich an Chester gewandt. »Du kommst hierher, nutzt unsere Großzügigkeit aus und stehst noch nicht einmal zu dem, was du getan hast!« Ich machte eine Handbewegung in Richtung Fenster, um meinen Worten Nachdruck zu verleihen.

»Er hat seine Sünde zugegeben, Stuart«, entgegnete Mom.

Okay, vielleicht hatte ich mich nicht klar genug ausgedrückt.

»Ich rede doch von dem Fenster, Mom!«, sagte ich.

»Und ich habe dir verboten, dir Geschichten auszudenken«, erwiderte meine Mutter.

»Verdammt«, schimpfte ich. »Muss ich dir erst seine Fingerabdrücke auf dem Ziegelstein zeigen, damit du mir glaubst?« Nicht, dass ich den Stein noch hatte.

»In diesem Haus wird nicht geflucht«, ermahnte mich meine Mutter. »Wir unterhalten uns morgen früh. Stuart, geh und hol Kissen und Decken aus dem Wäscheschrank. Ich suche Chester einen Schlafanzug heraus. Für heute Nacht kannst du hierbleiben, Chester. Ich schlage vor, dass ihr beide gründlich darüber nachdenkt, was ihr getan habt und wie viel Leid ihr anderen damit zufügt. Auch wenn ich euch nicht die ganze Nacht im Auge behalten kann, um sicherzugehen, dass ihr keinen Blödsinn anstellt – ich möchte euch daran erinnern, dass Gott euch beobachtet. An eurer Stelle würde ich Buße tun.«

Eine halbe Stunde später lagen Chester und ich alleine auf dem Wohnzimmerboden. Nun ja, zumindest ich lag auf dem Boden. Kaum war meine Mutter weg, riss Chester sich nämlich die Couch unter den Nagel.

»Hey, runter da«, sagte ich.

»Vergiss es«, erwiderte Chester. »Auf dem Boden ist es viel zu hart.«

»Ich muss auch hier unten schlafen.«

»Dein Pech.«

»Keine besonders christliche Einstellung«, bemerkte ich, worauf er keine Antwort wusste.

Dann fielen mir wieder Fon Pyres Worte ein: Er hatte gesagt, dass ich keine Freunde hatte. Aber wie in Gottes Namen sollte ich mit so einem Typen wie Chester Freundschaft schließen?

Es dauerte eine Stunde, bis ich endlich einschlief. Ich wusste nicht, wie lange ich geschlafen hatte. Als ich aufwachte, war es noch dunkel.

Chester, der noch immer auf der Couch lag, atmete schwer. Und unter seiner Decke ging die Post ab.

»Chester!«, zischte ich. »Was zum Teufel machst du da?«

Chester wandte mir schnell den Rücken zu. Doch selbst im Dunkeln konnte ich erkennen, dass er kreidebleich geworden war.

»Ich dachte, du schläfst«, keuchte er. »Ich habe dir sogar in die Nase gekniffen.«

»Du hast was?«, sagte ich. »Ist ja auch egal. Du hörst jetzt auf der Stelle damit auf.«

»Ich mache doch gar nichts.«

»Das kannst du dem Weihnachtsmann erzählen«, antwortete ich. »Verdammt, Chester, du steckst ohnehin schon tief genug in der Scheiße. Was, wenn meine Mom hereinkommt und sieht, was du tust?«

»Aber es ist dunkel«, erwiderte er.

»Was wolltest du eigentlich zum Abspritzen nehmen?«, fragte ich. »Deinen Schlafanzug? Die Decke? Die Couch?«

Chester kramte herum und brachte eine Socke zum Vorschein.

»Du wolltest eine von deinen Socken benutzen?«, sagte ich erstaunt. »Und das, obwohl du nichts zum Umziehen mithast? Hattest du wirklich vor, die Socke morgen wieder anzuziehen, als wäre nichts gewesen?«

»Nein«, antwortete er. »Das ist gar nicht meine Socke.«

Ich riss die Augen auf und suchte den Kleiderhaufen neben meinem Nachtlager ab. Eine meiner Socken fehlte.

»Gib sie her. Sofort«, forderte ich ihn auf und versuchte, sie ihm zu entreißen.

»Komm schon«, erwiderte er und hielt sie außer Reichweite. »Lass mich das eben noch zu Ende bringen.«

»Nein!«, rief ich. »Nimm deine eigene Socke.«

»Und was soll ich dann morgen anziehen?«

Mit einem Satz war ich auf der Couch, packte die Socke und riss mit aller Kraft daran. Im Nu entwickelte sich ein

Kampf, der mindestens eine Minute anhielt, ehe meine Mutter ins Wohnzimmer gestürmt kam.

»Was geht denn hier vor sich?«, fauchte sie. Erst dann entdeckte sie die verräterische Beule in Chesters Schlafanzughose.

Chester merkte, dass sie es bemerkt hatte, und zog hastig die Decke über sich.

»Warst du etwa dabei, dich zu ...?«, fragte Mom vor Wut schäumend.

»Nein«, verteidigte sich Chester, »ich wollte doch nur ...«

»... mit mir rummachen«, beendete ich den Satz für ihn. »Chester und ich«, fuhr ich fort und legte den Arm um ihn, »wollten nur ein wenig knutschen.«

Chester warf mir einen entsetzten Blick zu, während ich versuchte, so ernst wie möglich dreinzublicken.

»Oh«, sagte Mom. »Aber ihr habt euch nicht ... danebenbenommen, oder?«

»Nein, so weit hätten wir es nie kommen lassen«, antwortete ich. »Chester ist einfach ein wenig übermütig geworden, das ist alles.«

»Solange ihr euch dabei nicht selbst berührt habt«, meinte Mom, »ist alles in Ordnung. Vergesst aber bitte nicht, dass es Menschen in diesem Haus gibt, die gerne schlafen würden.«

»Ich weiß. Sorry, Mom«, gab ich zurück. »Wir hören sofort auf damit.«

»Vielen Dank«, sagte sie, schloss die Tür und ließ uns wieder alleine.

»Ich glaube, ich spinne«, zischte Chester. »Jetzt denkt sie doch, dass ich schwul bin.«

»Sie denkt, dass ich etwas für dich empfinde«, entgegnete ich. »Und glaub mir, das ist nicht gerade schmeichelhaft für mich.«

»Hey!«

»Davon abgesehen, Chester«, setzte ich nach, »bist du schwul.«

»Bin ich nicht!«, konterte Chester.

»Und ob«, sagte ich. »Ich war damals schließlich dabei.«

»Das … war ein Unfall«, stotterte er. »So etwas wird nie wieder passieren.«

»Darauf wette ich«, erwiderte ich. »Verdammt, Chester, ich habe dir gerade den Arsch gerettet. Ich hätte meiner Mom auch die Wahrheit sagen und dafür sorgen können, dass du mitten in der Nacht rausfliegst. Wie wäre es mit ein wenig Dankbarkeit?«

»Danke«, murmelte er.

»Gern geschehen«, sagte ich. »Und jetzt her mit der Socke.«

Chester gehorchte und wandte sich dann wieder in Richtung Couch.

»Nicht so hastig«, sagte ich und schob mich an ihm vorbei. »Die gehört jetzt mir.«

»Blödian«, gab Chester zurück, als er sich auf den Boden legte. »Hey, Stuart.«

»Ja?«

»Findest du es nicht auch eigenartig, dass deine Mutter nichts dagegen hat, wenn wir uns küssen, aber strikt dagegen ist, wenn einer von uns … du weißt schon?«

»Doch«, antwortete ich. »Gleich morgen werde ich nach einer Erklärung dafür suchen.«

»Großartig«, sagte er. »Lass es mich wissen, wenn du etwas herausgefunden hast.«

»Als guter Christ könntest du mir ruhig deine Hilfe anbieten«, warf ich ein.

»Also gut«, entgegnete er gedehnt. »Brauchste Hilfe?«

»Ja«, erwiderte ich. »Morgen werden wir gemeinsam Father Reedy einen Besuch abstatten.«

»Meinetwegen«, sagte Chester. »Eines noch, Stu.«

»Ja, Chester?«

»Der Herr mag es nicht, wenn du fluchst.«

»Halt die Klappe und lass meine Socken in Ruhe.«

9

Der nächste Schultag verlief genau, wie ich es erwartet hatte. Er wurde ebenso heftig wie der Tag davor, allerdings mit zwei kleinen Unterschieden. Erstens gewöhnte ich mich langsam daran, und zweitens hatte ich jetzt einen Leidensgenossen.

»Ich fasse es nicht!«, stöhnte Chester auf dem Nachhauseweg am Nachmittag. »Die anderen machen sich entweder über mich lustig oder verurteilen mich.«

»Willkommen im Klub«, sagte ich.

»Lass den Quatsch, im Gegensatz zu dir bin ich ja nicht schwul«, konterte Chester. »Du müsstest dich doch eigentlich längst daran gewöhnt haben.«

»Vielen Dank auch«, antwortete ich.

»Ich will damit nur sagen, dass man doch ständig Geschichten über Schwule hört, denen etwas Schlimmes zustößt.«

Das stimmte natürlich. Umso erstaunlicher war es, dass Ice Lake eine Ausnahme bildete. Statt mich nach meinem Coming-out zu lynchen, hatten die meisten der frommen Kleinstadtbewohner ziemlich cool auf die Neuigkeit reagiert.

»Du hast halt Glück gehabt«, meinte Chester. »Ich für meinen Teil bin immer ein guter Christ gewesen. Und plötzlich stellen mich alle als Antichrist hin. Nur wegen ein paar Pornoheften. Das ist so was von unfair.«

»Ja, ist es«, erwiderte ich. »Deshalb gehen wir ja auch zu Father Reedy. Um Antworten zu bekommen.«

Father Reedy bat uns herein, machte Tee und hörte sich unsere herzzerreißenden Geschichten an. Er ließ uns ausreden und fällte auch im Nachhinein kein Urteil über uns. Eben typisch Father Reedy.

Im Grunde hatte Ice Lake ihn nicht verdient.

»Ich habe befürchtet, dass sich alles zum Schlimmen wenden würde«, sagte er nachdenklich, nachdem wir zu Ende erzählt hatten. »Dass es so knüppeldick kommt, hätte ich allerdings nicht gedacht. Man lässt euch wirklich nur in Begleitung zur Toilette gehen?«

»Ja«, antwortete ich. »Habe ich schon die unangemeldeten Spindkontrollen erwähnt? Um zu sehen, ob wir Pornohefte oder Taschentücher horten?«

»Unglaublich«, meinte Father Reedy. »Chester, ich werde mal mit deinen Eltern sprechen. Immerhin kenne ich sie schon eine Weile. Ich kann mir einfach nicht vorstellen, dass sie nicht mit sich reden lassen.«

»Vielen Dank«, gab Chester zurück.

»Fürs Erste kannst du bei mir wohnen, wenn du möchtest«, fügte Father Reedy hinzu. »Das gilt natürlich auch für dich, Stuart.«

»Vielleicht nehme ich das Angebot sogar an«, erwiderte ich. »Meine Familie hasst mich. Ich habe Ihnen doch erzählt, was sie meinetwegen erlebt haben, oder?«

»Ja, hast du«, sagte Father Reedy. »Hört mir mal zu, Jungs. Ich weiß, dass ihr zu mir gekommen seid, weil ihr Hilfe braucht, aber ich fürchte, mehr als euch aufzunehmen kann ich nicht tun. Diese plötzliche Feindseligkeit, die euch entgegenschlägt, will nicht so recht in das Bild passen, das ich von der Gemeinde habe. Auf der anderen Seite ähnelt die ganze Sache den Geschichten, die ich aus anderen Städten höre.«

»Was meinen Sie damit?«, fragte Chester.

»Soll das heißen, es gibt noch andere Städte, in denen die Leute wegen ein bisschen Taschenbillard komplett durchdrehen?«, wollte ich wissen.

»Nicht deshalb«, erklärte Father Reedy. »Wegen anderer Tabuthemen. Einer meiner Kollegen in Tawpuck, New Jersey, hat mir von einem Vorfall erzählt, in dem es um eine Abtreibungsklinik ging. Jahrelang hatten die Gemeindemitglieder kein Problem damit, doch eines Tages begannen sie wie aus heiterem Himmel dagegen Sturm zu laufen. Patientinnen der Klinik wurden schikaniert, Ärzte bedroht und die Klinik mutwillig verwüstet. Irgendwann wurde sie dann geschlossen, und die Ärzte sowie ehemalige Patientinnen zogen weg aus der Stadt. Seither sprechen die Stadtbewohner von einem Sieg für Christus.«

»Das ist ja widerlich«, sagte ich.

»Ja«, stimmte Chester mir zu, »aber was hat das alles mit uns zu tun?«

Mir war sofort klar, dass es eine Menge mit uns zu tun hatte. Eine leise Stimme in meinem Inneren sagte mir, dass es eine Verbindung zu uns gab.

»Bevor ich darauf antworte«, entgegnete Father Reedy, »möchte ich euch eine weitere Geschichte erzählen. Eine, mit der ihr mehr anfangen könnt. Ein anderer Kollege berichtete mir von einem jungen Mann in eurem Alter, der sich dazu bekannt hat, schwul zu sein.«

»Warum sollte ich damit was anfangen können?«, fuhr Chester ihm ins Wort.

Ich kicherte.

»Bist du denn nicht schwul?«, erkundigte sich Father Reedy. »Stuarts Mutter hat mich heute Morgen angerufen und mir gesagt, ihr beide hättet euch geküsst.«

»Das hat Stu sich nur ausgedacht«, erwiderte Chester schnell.

»Oh«, entfuhr es dem Geistlichen. »Tut mir leid, Chester, ich dachte nur … Ist ja auch egal. Wie dem auch sei, der junge Mann hatte sein Coming-out, wie ihr es nennen würdet, und …«

»Ich nicht!«

»Wie Stuart es nennen würde«, verbesserte Father Reedy sich. »Mein Kollege erklärte ihm, dass er damit kein Problem hätte, aber dass einige andere vielleicht nicht so gut damit umgehen könnten. Trotzdem hat er den Jungen ermuntert, sich nicht selbst zu verleugnen und seine Familie und Freunde einzuweihen. Das tat er, und es gab keine größeren Schwierigkeiten. Eines Tages wendete sich das Blatt jedoch. Von jetzt auf gleich mieden die Bewohner der Stadt ihn. Seine Eltern hatten sich am Anfang nicht sonderlich begeistert gezeigt, sein Geständnis aber akzeptiert. Urplötzlich enterbten sie ihn und setzten ihn vor die Tür. Selbst sein eigener Bruder wollte nichts mehr mit jemandem zu tun haben, der …« Mit einem Mal hielt er inne und wandte den Blick ab.

»Geht es in der Geschichte um Ihren Bruder?«, fragte ich.

Father Reedy nickte.

Ich wagte es kaum, die nächste Frage zu stellen. Zum Glück übernahm Chester das für mich.

»Was ist aus ihm geworden?«, fragte er.

»Man fand ihn am Stadtrand. Tot«, antwortete Father Reedy mit brüchiger Stimme. »Er ist zu Tode geprügelt worden.«

»Oh«, entfuhr es Chester.

»Das tut mir leid«, sagte ich.

»Aber das war nicht einmal das Schlimmste«, fuhr Father Reedy fort. »Am Tag seiner Beerdigung stürmten unzählige Gemeindemitglieder die Kirche. Sie protestierten dagegen, dass *so jemand* ein kirchliches Begräbnis bekäme, und verlangten den Rücktritt des Pfarrers. Einer besaß sogar die Dreistigkeit, mir ins Gesicht zu sagen, mein Bruder würde in der Hölle schmoren. Es war niemand Geringeres als Reginald Feltless.«

»Feltless?«, fragte ich. »Sie meinen den Priester aus Wernsbridge?«

»Genau den«, antwortete Father Reedy. »Ihr könnt euch also vorstellen, dass ich nicht sonderlich begeistert bin über die Verbindung der beiden Jugendgruppen.«

»Das ist echt krass«, sagte Chester. »Trotzdem verstehe ich nicht, was das mit uns zu tun hat.«

»Das waren beides Beispiele für Gemeinden, die von einem Tag auf den anderen den Verstand verloren haben«, erklärte Reedy. »Ich werde das Gefühl nicht los, dass in beiden Städten etwas passiert ist. Etwas, das die Menschen angestachelt hat.«

»Was denn?«, meinte Chester. »Was könnte geschehen sein?«

»Ich weiß es nicht«, erwiderte Father Reedy. »Aber dasselbe scheint sich hier anzubahnen. Wenn ihr mich fragt, hat die Sache einen teuflischen Hintergrund.«

»Klingt, als würde das in mein Fachgebiet fallen«, sagte ich. »Am besten, ich gehe nach Hause, hole meine Sachen und befrage ...« Als mein Blick auf Chester fiel, hielt ich inne. »Ich werde meinen Freund fragen, ob er uns weiterhelfen kann.«

»Du hast einen Freund, der sich mit so was auskennt?«, fragte Chester ungläubig.

»Das könnte man so sagen«, antwortete ich ausweichend.

»Habe ich doch gerade eben getan«, schoss er zurück.

»Nun gut«, sagte Father Reedy. »Stuart, du weißt, dass ich es nicht gerne sehe, wenn du ... mit deinem Freund kommunizierst. Aber es scheint mir in diesem Fall die einzige Lösung zu sein. Kommt, ich fahre euch.«

»Ich kann laufen, so weit ist es ja nicht«, schlug ich vor.

»Deshalb habe ich das nicht vorgeschlagen«, gab er zurück. »Ich mache mir Sorgen um eure Sicherheit.«

Ich malte mir aus, was uns zustoßen könnte.

»Einverstanden«, willigte ich schließlich ein.

Fünf Minuten später kamen wir an meinem Elternhaus an, wo uns der nächste Schock bevorstand. Meine Sachen – Kleider, Bücher, einfach alles – lagen quer in der Einfahrt verstreut.

»Nein«, rief ich, sprang aus dem Auto und rannte zum Haus. Direkt unterhalb meines Schlafzimmerfensters lag mein Computer. Jemand hatte ihn offensichtlich hinausgeworfen, denn das Gerät war vollkommen demoliert. Hastig suchte ich herum, doch von meinen CD-ROMs und meiner Videokamera war nirgends eine Spur zu entdecken.

Mein Filmprojekt war futsch.

»Nein!«, schrie ich und trat gegen meinen DVD-Ständer. Er war ohnehin fast leer. Von meinen dreiundzwanzig DVDs waren nur noch zwei übrig geblieben. Obwohl ich meine kleine Sammlung über alles liebte – allen voran die Monty-Python-Filme –, konnte ich in dem Moment an nichts anderes denken als an meinen eigenen Film.

Sämtliche CD-ROMs waren fort. Genau wie meine Videokamera. Mein Computer war restlos zerstört. Alle Aufnahmen, in denen Fon Pyre der Welt die Wahrheit über Gott und das Leben nach dem Tod erzählt hatte, existierten nicht mehr. Ich wollte mich auf den Boden werfen und losheulen. Andererseits hatte ich nicht übel Lust, das Haus zu stürmen und den Schuldigen zur Rechenschaft zu ziehen. Ich entschied mich für Letzteres.

Jedoch ohne Erfolg. Die Haustür war nicht nur fest verriegelt – außerdem war noch das Schloss ausgetauscht worden. Mom hatte mich eiskalt vor die Tür gesetzt und sich nicht einmal die Mühe gemacht, mich vorher darüber zu informieren.

Aber so einfach würde ich es ihr nicht machen. Ich klingelte Sturm und hämmerte gegen die Tür.

»Aufmachen!«, rief ich. »Mach auf der Stelle die Tür auf!«

Keine Antwort. Hinter mir vernahm ich Schritte, die sich näherten. Dann merkte ich, wie sich sanft eine Hand auf meine Schulter legte.

»Komm schon, Stuart«, meinte Father Reedy leise. »Ich werde später mit deiner Mutter reden und versuchen, eine Lösung zu finden. Aber im Augenblick ist es am besten, wenn wir einfach gehen.«

Ich wehrte mich nicht, als er mich vom Haus wegführte. Wir luden so viel von meinen Sachen ins Auto, wie wir konnten, stiegen ein und fuhren los. Ich warf einen letzten Blick auf das Haus, in dem ich aufgewachsen war, und sah Josh am Fenster seines Zimmers.

Ich zeigte ihm den Mittelfinger.

10

Als wir am leerstehenden Eisenwarenladen angekommen waren, luden wir meine Ausrüstung aus und kletterten die Feuerleiter hinauf. Es grenzte schon an ein kleines Wunder, dass sich niemand an meiner Magieausrüstung und den dazugehörigen Büchern vergriffen hatte. Man muss sich eben auch über kleine Dinge freuen können. Father Reedy meinte, es sei ein Beweis dafür, dass Gott auf unserer Seite stünde. Angesichts der Ironie, dass der Allmächtige uns dabei half, einen Dämon heraufzubeschwören, hätte ich beinahe losgelacht.

Chester hatte natürlich keinen blassen Schimmer, worüber wir sprachen. Im Grunde wäre es mir lieber gewesen, ihn nicht in mein kleines Hobby einweihen zu müssen, aber mir blieb keine andere Wahl. Als ich ihm davon erzählte, nahm er es so gut auf, wie er eben konnte.

»Red keinen Blödsinn!«, sagte er. »Du machst Witze, stimmt's? Father Reedy? Das ist nur ein Scherz, oder?«

»Ich wünschte, dem wäre so«, antwortete Father Reedy.

»Aber das ist eine Sünde!«, rief Chester. »Mrs. Farmson hat gesagt, Okkultismus wäre …«

»Die Farmson redet viel, wenn der Tag lang ist«, unterbrach ich ihn. »Vertrau mir, okay? Ich habe alles unter Kontrolle.«

Chester sah nicht übermäßig glücklich aus, folgte uns aber dennoch in den Keller. Dort machte ich mich umgehend daran, die Kerzen aufzustellen und das Dreieck zu zeichnen. Als Father Reedy mir seine Hilfe anbot, lehnte ich dankend ab. Ich benötigte meine volle Konzentration für das, was vor mir lag.

Außerdem hätte mir seine Hilfe Gelegenheit gegeben, darüber nachzugrübeln, dass meine Mom mich abserviert hatte. Und solche Gedanken können einen schon ziemlich ablenken.

»Alles in Ordnung mit dir, Stu?«, raunte Chester.

»Ja«, antwortete ich. »Warum fragst du?«

»Weil du gerade die Flasche mit dem Wasser angezündet hast«, erklärte er.

Genau das meinte ich. Konzentration ist das A und O in einer solchen Situation.

Nachdem ich den brennenden Flaschendeckel gelöscht hatte, nahm ich die Kerze, die ich eigentlich hatte anstecken wollen. Wenig später war alles, wie es sein sollte, und ich stimmte den Zauberspruch an. Mit entsetztem Gesicht wich Chester einen Schritt zurück. Father Reedy stand mit gerunzelter Stirn da, als würde er jeden Augenblick seinem Erzfeind in die Augen sehen müssen. In gewisser Weise stimmte das ja auch.

Die Luft begann zu knistern, und die Kerzen brannten heißer. Mist, ich hatte schon wieder vergessen, mich nicht so dicht vor die Kerzen zu setzen.

Als ein Donnern die Luft zerriss, schrie Chester. Von Anfang an hatte ich meine Zweifel gehabt, ob es eine gute Idee gewesen war, ihn mitzunehmen. Aber jetzt war es zu spät, ihn wegzuschicken. Der Geruch nach einem teuflisch sauberen Badezimmer breitete sich aus, und Fon Pyre erschien an seinem Platz.

»Kein Kaffee dieses Mal?«, begrüßte er mich. »Und was ist mit der Kamera?«

»Fon Pyre, hiermit unterwerfe ich dich meinem Willen und befehle dir, nichts als die Wahrheit zu sprechen«, sagte ich mit fester Stimme. »Und, nein, es gibt ausnahmsweise mal keinen Kaffee. Ich hatte einen ziemlich miesen Tag.«

»Als ob mich das interessiert«, erwiderte der Dämon. »Wie ich sehe, haben wir dieses Mal Gesellschaft. Und noch dazu einen Diener Gottes. Ein kleiner Ausflug auf die Gegenseite, oder wie?«

»Beachten Sie ihn gar nicht«, wies ich Father Reedy an. »So was macht er immer. Er ist eben … na ja, ein Dämon.«

»Verstehe«, antwortete Father Reedy.

Ein lautes Klappern ertönte, und ich stellte schnell fest, dass es von Chesters Zähnen kam.

»Ist das …?«, keuchte er. »Ich meine, ist das wirklich …?«

»BUH!«, rief Fon Pyre, woraufhin Chester mit einem weiteren Schrei erneut einen Satz nach hinten machte.

»Ha!«, meinte der Dämon. »Das hat Spaß gemacht!«

»Das freut uns alle zutiefst«, entgegnete ich. »Aber jetzt halt die Klappe und hör mir zu. In unserer Stadt passieren seltsame Dinge, die vermutlich etwas mit einem Dämon zu tun haben. Meine Freunde und ich würden gerne von dir wissen, was los ist.«

Fon Pyre hörte mir zu, während ich ihm haarklein erzählte, was Chester und mir in den letzten Tagen alles zugestoßen war. Zur Sicherheit schob ich die Geschichten von Father Reedy hinterher. Einzig die Tatsache, dass es sich um seinen Bruder handelte, ließ ich unter den Tisch fallen. Es gab keinen Grund, ihn mit dieser Information zu füttern.

Je länger ich sprach, desto unruhiger wurde Fon Pyre. Wie

seine Antwort auch ausfallen mochte: Jedenfalls schien er mir sein Wissen nur höchst ungern preisgeben zu wollen.

»Besteht ein Zusammenhang zwischen den Vorfällen?«, fragte ich abschließend.

»Ja«, antwortete Fon Pyre.

»Was ist der Auslöser für diese drei Zwischenfälle?«, wollte ich wissen, woraufhin Fon Pyre sich wegdrehte und etwas Unverständliches murmelte.

»Ich habe dich nicht verstanden«, sagte ich. »Wiederhole deine Antwort.«

Wieder nur Genuschel.

»Wiederhole deine Antwort lauter«, befahl ich ihm.

»Gefallene Engel!«, zischte Fon Pyre. »Na toll, jetzt habe ich dich in eines der größten Geheimnisse der Unterwelt eingeweiht, wofür ich mit Sicherheit büßen muss. Bist du endlich zufrieden?«

»Gefallene Engel?«, fragte ich. »Was genau meinst du damit?«

»Ich meine damit, dass es sich um Engel handelt«, sagte Fon Pyre. »Und diese Engel sind gefallen. Ist das deutlich genug?«

»Soll das heißen, wir haben es mit Dämonen zu tun?«, ergriff nun Father Reedy das Wort.

»Mit einem wie dir rede ich überhaupt nicht«, trotzte Fon Pyre. »Stuart ist der Einzige, dem ich Rechenschaft schuldig bin, Bibelheini.«

»Beantworte seine Frage«, befahl ich Fon Pyre. »Sind gefallene Engel Dämonen?«

»Nein«, lautete die unfreiwillige Antwort.

»Was sind sie dann?«, beharrte ich.

»Engel, die gefallen sind«, antwortete Fon Pyre, als hätte er es mit einem Haufen Schwachsinniger zu tun.

»So kommen wir nicht weiter«, seufzte Father Reedy.

»Wer nicht fragt, bleibt dumm«, murmelte Fon Pyre.

»Wie können Engel fallen?«

»Sie plumpsen aus dem Himmel«, erwiderte der Dämon.

»Weshalb?«, hakte ich nach und sah Fon Pyre an, dass er sich innerlich wand. Nicht mehr lange, und ich erhielt eine Antwort, mit der sich etwas anfangen ließ.

»Sie heißen deshalb gefallene Engel, weil sie den gelobten Engelsschwur gebrochen haben.«

»Und was bitte schön«, fragte ich, »ist der gelobte Engelsschwur?«

»Eine Art Gesetz zwischen den Engeln und Gott.«

Es verging eine weitere halbe Stunde, in der ich vorsichtig formulierte Fragen stellte, bis wir alle nötigen Antworten erhielten.

Wenn ein Engel fiel, bedeutete das, dass es zwischen ihm und Gott einen unlösbaren Konflikt über den Umgang mit den Menschen gegeben hatte. Gott hatte die Engel ins Leben gerufen, damit sie über uns wachten und uns führten, jedoch nicht, damit sie über uns richteten. Wenn ein Engel sich nicht davon abbringen ließ, dass ein bestimmtes Verhalten oder ein gewisser Lebensstil bestraft gehörten, verließen sie den Himmel und kamen auf die Erde.

»Gott schmeißt sie nicht raus«, erklärte Fon Pyre. »Sie gehen freiwillig, wenn sie sich eingestehen müssen, den Schwur gebrochen zu haben. Beim Verlassen des Himmels nehmen sie zwar menschliche Gestalt an, behalten aber einen Großteil ihrer Macht. Es ist also ein Kinderspiel für sie, die Menschen in ihrer unmittelbaren Umgebung zu beeinflussen.«

»Das heißt also«, fasste ich zusammen, »dass ein Engel, der felsenfest der Meinung ist, dass es gleichgeschlechtliche

Liebe nicht geben darf, den Himmel verlassen muss? Er kann auf die Erde kommen, ein Mensch werden und dafür sorgen, dass die Menschen um ihn herum Homosexuelle ebenso wie er hassen?«

»So ist es«, bestätigte Fon Pyre.

»Dann haben wir einen gefallenen Engel in der Stadt«, meinte Chester, »der etwas gegen Selbstbefriedigung hat.«

»Sehr scharfsinnig. Was für ein kluges Bürschchen du doch bist«, spottete der Dämon.

Um die Neuigkeit ein wenig sacken zu lassen, lehnte ich mich nach hinten. Alles, was ich erlebte, und alles, was Chester erlebte, beruhte einzig und allein auf der Arroganz eines Engels. Und dieselbe Art von Arroganz eines anderen Engels hatte Father Reedys Bruder bereits das Leben gekostet. Die Vorstellung, dass so etwas tagtäglich auf der ganzen Welt passierte, war erschütternd.

»Wie lange geht das mit den gefallenen Engeln schon?«, erkundigte ich mich.

»Seitdem es Menschen und Engel gibt«, erklärte Fon Pyre mir.

Ich traute meinen Ohren nicht. All das Böse in der Welt, verursacht durch gestörte Engel, die ihre persönlichen Ansichten über alles stellten. Gute Menschen, die mit einem Fingerschnippen in hohle Hassmaschinen verwandelt wurden.

»Warum lässt Gott das zu?«, fragte Father Reedy. »Wenn er weiß, was geschieht, wenn ein Engel auf die Erde herabsteigt: Warum verhindert er es dann nicht?«

»Aus demselben Grund, aus dem er nichts gegen Wirbelstürme und Erdbeben unternimmt«, antwortete Fon Pyre, ohne dass ich die Frage wiederholen musste. »Es ist Teil der Welt, in der ihr lebt. Es gehört zu den Herausforderungen, die das Leben mit sich bringt und die ihr überwinden sollt. Wann kommt ihr Sterblichen endlich auf den Trichter, dass sich das Leben in erster Linie um Schmerz dreht? Sieh dich doch mal an, Bibelmann«, fuhr er fort. »Bist wie alle anderen vollkommen ausgerastet, als dein Bruder sein Coming-out hatte.«

»Woher weißt du davon?«, fragte Father Reedy.

»Ich weiß es eben«, erwiderte Fon Pyre. »Ich wollte dir nur vor Augen führen, dass du dem gefallenen Engel dieses Mal nicht auf den Leim gegangen bist.«

»Stimmt«, sagte ich. »Die ganze Stadt tickt aus. Nur Sie bleiben ruhig und vernünftig.«

»Der gefallene Engel kann ihm nichts anhaben, weil er an der Erfahrung von damals gereift ist«, meinte Fon Pyre gedehnt. »Ihr Menschlein seid manchmal echt schwer von Begriff. Es grenzt an ein Wunder, dass wir Dämonen euch noch nicht …«

»Was sollen wir denn jetzt machen?«, unterbrach Chester ihn panisch.

»In eine andere Stadt ziehen und ein neues Leben anfangen«, schlug Fon Pyre vor.

»Was ist mit dem Engel?«, wollte Father Reedy wissen. »Kann er vernichtet werden?«

»Wow, halt! Stopp!«, rief Fon Pyre. »Habe ich das gerade richtig gehört? Ein Mann Gottes, der einen Engel kaltmachen will?«

»Beantworte seine Frage«, befahl ich. »Geht das?«

»Gefallene Engel sehen nicht nur aus wie Menschen, sondern sind genauso verwundbar«, erklärte Fon Pyre. »Wer einen gefallenen Engel vernichten möchte, muss also nichts weiter tun, als einen Mord zu begehen.«

Der Dämon hielt inne, um seine Worte wirken zu lassen.

»Hat einer von euch den Mumm«, durchbrach er die Stille schließlich, »das zu tun, was getan werden muss?«

Wir sahen uns gegenseitig an, waren aber tunlichst darauf bedacht, den anderen nicht in die Augen zu schauen.

»Ich bin überzeugt davon, dass es gar nicht erst so weit kommen wird«, meinte Father Reedy.

»O doch, das wird es«, hielt Fon Pyre dagegen. »Denn wenn ihr es nicht tut, wird die Lage für euch beide noch schlimmer werden.«

»Wie viel schlimmer?«, fragte Chester ängstlich.

»Lass es mich so ausdrücken«, entgegnete Fon Pyre, »es wäre sicher eine gute Idee, wenn ihr schon mal euer Testament aufsetzen würdet. Ich gebe euch bis Ende der Woche – maximal.«

Nachdem ich Fon Pyre zurückgeschickt hatte, setzten wir uns auf die Erde und besprachen, wie wir weiter vorgehen sollten. Den Engel umzubringen kam nicht in Frage. Father Reedy ließ uns schwören, dass wir nichts in der Richtung unternehmen würden. Im Grunde war das unnötig, denn weder Chester noch ich waren scharf darauf, einen Mord zu begehen. Allerdings war das Problem dabei nur, dass es anscheinend keine andere Lösung gab, um aus dem ganzen Schlamassel herauszukommen.

Alles andere als hilfreich war zudem, dass keiner von uns wusste, wo wir eigentlich nach dem gefallenen Engel suchen sollten. Fon Pyre hatte uns wissen lassen, dass der Engel erst kürzlich in die Stadt gezogen war und meist für sich alleine blieb. Nicht gerade eine heiße Spur, aber aussagekräftigere Informationen hatten wir nicht.

»Wir sollten diesen Engel auf jeden Fall ausfindig machen«, meinte ich. »So halten wir uns außerdem sämtliche Möglichkeiten offen, die sich dann ergeben.«

»Die da wären?«, warf Father Reedy ein.

»Na ja …«

»Der einzige Grund dafür, ihn zu suchen«, fuhr er fort, »wäre doch der, ihn zu ermorden, oder täusche ich mich?«

»Nicht zwangsläufig«, hielt ich dagegen.

»Aber du würdest es zumindest in Erwägung ziehen«, gab Father Reedy zu bedenken. »Über kurz oder lang würde die Versuchung zu groß werden. Und mit Versuchungen kenne ich mich aus, Stuart.«

»Was, wenn wir einfach mal mit dem Typen reden?«, schlug Chester vor.

»Und worüber würdest du dich mit ihm unterhalten?«, meinte Father Reedy. »Immerhin hast du genau die Sünde begangen, die ihm am meisten zuwider ist. Und vergiss nicht, dass er die Menschen um sich herum manipuliert. Glaubst du wirklich, dass er sich so leicht überreden lässt, seine Mission aufzugeben?«

»Wir könnten es wenigstens versuchen«, warf ich ein.

»Oder wir könnten Sie zu ihm schicken, Father Reedy«, überlegte Chester laut. »Vor Ihnen hätte er sicher Respekt. Schließlich arbeiten Sie für den Big Boss.«

»Könnte sein«, räumte Father Reedy nach einer kurzen Pause ein. »Einverstanden, ich gehe zu ihm. Aber alleine, habt ihr verstanden? Ich möchte nicht, dass einer von euch beiden dem Engel zu nahe kommt.«

»Aber …«, setzte ich an.

»Kein Aber«, unterbrach Father Reedy mich und stand auf. »Los jetzt, Jungs, es ist schon spät. Ihr beide bleibt bei mir, bis die Sache ausgestanden ist.«

In jener Nacht schlief ich so schlecht wie schon lange nicht mehr. Und das hatte nicht nur damit zu tun, dass ich nicht in meinem eigenen Bett lag. Da Chester als Erster Ansprüche darauf angemeldet hatte, durfte er das Gästezimmer haben. Ich musste gucken, wo ich blieb.

Ich versuchte also, es mir auf Father Reedys Couch so gemütlich zu machen, wie es eben möglich war. Immer wieder ging ich die Ereignisse der vergangenen drei Tage durch. In erster Linie versuchte ich aber, eine Lösung für das Dilemma zu finden.

Um halb drei war mir schließlich klar, dass ich weder eine Antwort noch Schlaf finden würde. Letzteres würde sich erst dann einstellen, wenn ich einen Weg fand, mich ein wenig zu entspannen …

Zwei Minuten später lag ich mit heruntergezogener Hose wieder auf der Couch, um mich herum eine Reihe von Taschentüchern. Ich nahm also meinen Schwanz in die Hand und streichelte mich, während ich mir Doug Henderson vorstellte, den Kapitän der schulischen Fußballmannschaft. Nur ganz selten denke ich dabei an irgendwelche Filmstars. Ich erziele die besten Ergebnisse – um es mal so auszudrücken –, wenn ich eine emotionale Bindung zu meinem Phantasiebild habe.

Allerdings hatte ich die ganze Zeit über ein wenig Angst, dass etwas Entsetzliches passieren könnte. Bei jedem noch so kleinen Geräusch hielt ich inne und zog die Bettdecke hoch. Zum Glück war es jedes Mal ein Fehlalarm. Niemand kam in den Raum und erwischte mich, und kein erzürnter Gott ließ aus heiterem Himmel einen Blitz auf mich herabfahren.

Ehe ich es jedoch verhindern konnte, kreisten meine Gedanken um den Abend mit Chester, damals in Wernsbridge.

Es fuchste mich, dass er sich einfach so in meine Phantasien schlich. Vor allem, weil ich ihn ja eigentlich gar nicht mochte. Aber es half nichts. Ich hatte in jener Nacht etwas mit Chester gehabt und hatte mir heimlich gewünscht, dass mehr daraus werden würde. Und so ungern ich es auch zugeben wollte, doch dieser Typ machte mich noch immer an.

Und in meiner Vorstellung hatte ich wenigstens die Chance, mir auszumalen, wie es sein könnte.

Fünf Minuten später spülte ich die Taschentücher die Toilette hinunter. Anschließend dauerte es nicht lange, und ich schlief wie ein Murmeltier.

»Am besten, ihr beide setzt heute keinen Fuß vor die Tür«, meinte Father Reedy am nächsten Morgen beim Frühstück. »So, wie sich die Dinge mittlerweile entwickelt haben, wäre es das Klügste.«

»Klingt gut«, sagte Chester fröhlich. »Was für DVDs haben Sie denn so?«

»Moment mal«, warf ich ein. »Soll das etwa heißen, dass wir aufgeben und die Idioten gewinnen lassen?«

»Ich sage lediglich, dass ein wenig Vorsicht nicht schaden könnte«, korrigierte Father Reedy mich.

»Vorsicht und Feigheit«, entgegnete ich, »liegen nah beieinander.«

»Die Grenze zwischen Mut und Leichtsinn«, konterte Father Reedy, »ist allerdings noch sehr viel schmaler.«

»Egal, ich werde jedenfalls zur Schule gehen«, erwiderte ich. »Die Schlappschwänze da draußen sollen wissen, dass ich mich von ihnen nicht einschüchtern lasse.«

»Bitte überleg dir das noch mal«, riet Father Reedy mir.

»Ja, sei kein Blödian«, schob Chester nach. »Wir können blaumachen, Mann. Und das mit dem Segen eines Geistlichen. Besser geht's doch gar nicht.«

»Ich gehe trotzdem«, beharrte ich und machte mich über mein Spiegelei her.

»Wie du meinst«, gab Father Reedy zurück. »Ich will nur hoffen, dass du auch vorsichtig bist.«

Um ehrlich zu sein, sehnte ich mich ungefähr so sehr nach

der Schule wie nach einem Tritt in die Eier. Von Leuten umzingelt zu sein, die einer Gehirnwäsche unterzogen worden waren, ohne dass sie es bemerkt hatten ... Reedy hatte recht. Besonders klug war das nicht von mir.

Aber ich wollte ein Zeichen setzen, Ice Lake und seinen Bewohnern unmissverständlich beweisen, dass ich keine Angst hatte. Genau wie damals, als mir klargeworden war, dass ich auf Jungs stehe. Warum sollte ich dieses Mal den Schwanz einkneifen?

»Ich werde auf mich aufpassen, versprochen«, sagte ich und wischte den Rest Eigelb auf meinem Teller mit einem Stück Toast auf.

»Dein letztes Stündlein hat geschlagen«, meinte Chester, als er sich den letzten Streifen vom Frühstücksspeck sicherte.

Auf dem Weg zur Schule kamen mir dann doch Zweifel, ob ich das Richtige tat. Auslöser dafür waren vor allem die Schimpfwörter, die mir aus den vorbeifahrenden Autos entgegengebrüllt wurden. Ganz zu schweigen davon, dass ich um ein Haar von einer Tomate getroffen worden wäre! Das rote Geschoss wurde direkt aus einem Wagen geschleudert, in dem niemand sonst außer dem Fahrer saß. Wie groß sind die Chancen, dass so jemand zufällig eine Tomate griffbereit neben sich hat?

Glücklicherweise begegnete mir danach niemand mehr, der mit Obst oder Gemüse bewaffnet war, so dass ich unversehrt und ohne weitere Zwischenfälle die Schule erreichte. Jetzt musste ich es nur noch irgendwie schaffen, auch den Rest des Tages zu überleben.

Die Tür meines Spinds war in der Zwischenzeit neu dekoriert worden. Mein persönlicher Favorit war das Bild eines nackten Jungen (vermutlich sollte ich das sein), den züngelnde Flammen umgaben und dem ein Dämon in die Eier biss. Die Szene war zuerst mit Kugelschreiber vorgemalt und dann mit wasserfesten Filzstiften ausgemalt worden. Der Künstler hatte sich offenbar viel Zeit für sein Meisterwerk genommen.

Was mir am wenigsten gefiel? Die Worte »Krepier, du elender Onanist«, die oben links ins Metall gekratzt worden waren. Onanist? Geht's noch?

Nachdem ich den Spind aufgeschlossen hatte, machte ich einen Schritt zur Seite und öffnete ihn erst dann. Als hätte ich es geahnt, lösten sich mit der zurückschwingenden Tür die Deckel von zwei großen Plastikbechern, die seitlich im oberen Fach gelegen hatten. Wasserfallartig ergoss sich daraus eine milchige Flüssigkeit. Das Zeug stank wie die Pest – irgendein Spaßvogel musste sich in der Nacht an meinem Schrank zu schaffen gemacht haben.

Glücklicherweise bekamen meine Bücher nichts ab. Was unglücklicherweise aber nur daran lag, dass man sie allesamt gestohlen hatte. Mit einem Seufzer warf ich die Tür zu und machte mich auf den Weg zur ersten Stunde.

Bereits nach der zweiten Stunde schmerzten meine Schultern. Ich konnte kaum mehr zählen, wie viele Leute – Schüler und Lehrer – mich auf dem Flur anrempelten. Oder mich gegen Wände, Türen und Schließfächer schubsten. Langsam, aber sicher war ich ein bisschen verstört. Zuerst war ich drauf und dran gewesen, es jedem Einzelnen heimzuzahlen – aber im selben Moment erkannte ich, dass das nicht gut für mich ausgehen würde. Damit würde ich vor allem Rektor Raiser in die Hände spielen. Er wartete bestimmt nur darauf, mich von der Schule werfen zu können.

Im Religionsunterricht setzte ich mich bewusst in die hinterste Reihe, auf den Platz direkt neben dem Fenster. Wer normalerweise dort saß, wusste ich nicht mehr, und es war mir auch egal. Ich wollte nicht, dass mir jemand im Rücken saß. Nicht nach meiner Erfahrung in der zweiten Stunde, in der ich mit allem, was sich überhaupt nur werfen ließ, beworfen worden war. Als wäre das nicht schlimm genug gewesen, hatte Mr. Linkley mich anschließend dazu verdonnert, die Schweinerei wieder aufzuräumen.

»Hey!«

Ich blickte auf und sah, wie Paul auf mich zugestürmt kam.

»Was soll das?«, machte er mich an. »Das ist nicht dein Platz.«

»Genauso wenig wie deiner«, erwiderte ich. »Wieso regst du dich so künstlich auf?«

»Weil …«, er baute sich vor mir auf und funkelte mich von oben herab an, »… das Cindy Freelawns Platz ist und du ihn ihr weggenommen hast. Diebstahl ist eine Sünde, Stuart.«

Ich fasse es nicht, dachte ich.

»Es gibt genug andere freie Plätze«, sagte ich wahrheitsgemäß. In jedem Klassenzimmer blieben stets fünf oder sechs Plätze frei.

»Setz dich gefälligst woandershin«, knurrte Paul. »Du beschmutzt Cindys Platz.«

»Ich beschmutze ihn?«, entfuhr es mir. Es fehlte nicht mehr viel, und ich würde die Beherrschung verlieren. Und Paul war in meinen Augen sowieso schon immer eine Knalltüte gewesen.

»Du hast es erfasst«, erwiderte Paul. »Also mach dich vom Acker, Selbstbeflecker.«

»Nein«, gab ich zurück. »Ich bleibe, wo ich bin.«

»Falsche Antwort«, sagte Paul, packte mich am Hemd und zog mich auf die Füße.

»Pfoten weg!«, rief ich und zerrte an seinem Pullover.

»Pack mich bloß nicht an!«, fauchte Paul und schleuderte mich gegen die Wand. »Wag es nie wieder, mich mit deinen Wichsgriffeln zu berühren.«

»Du meinst so?«, fragte ich und versetzte ihm einen Schubs, so dass er gegen Cindy Freelawn stolperte, die hinter ihm gestanden hatte.

»Jetzt reicht's!«, schrie Paul, sprang mit einem Satz nach vorne, packte mich erneut und riss die linke Faust nach hinten.

»Ähm ...«

Zeitgleich richteten Paul und ich den Blick auf den Türrahmen. Nicht unser Religionslehrer Mr. Jakeshore stand dort, sondern ein anderer Mann. Und dieser Mann war groß, durchtrainiert und attraktiver als alle anderen Kerle, die ich je zuvor gesehen hatte. Noch im selben Moment verspürte ich eine Woge der Lust über mich hinwegrollen.

Doch das Gefühl verebbte so schnell, wie es gekommen war. Tiefe Furcht regte sich in mir. Ich spürte deutlich, dass ich soeben die Bekanntschaft des gefallenen Engels gemacht hatte.

12

Störe ich etwa?«, fragte der gefallene Engel mit lieblicher Stimme.

»Nein, Sir«, erwiderte Paul und ließ von mir ab. »Wir haben uns nur …«

»… vollkommen danebenbenommen, das sehe ich auch so«, beendete der Engel den Satz. »Ich weiß nicht, was mein Vorgänger euch alles hat durchgehen lassen«, fuhr er fort und trat in die Mitte des Raums, »aber unter meiner Aufsicht werdet ihr die Hausordnung befolgen. Habe ich mich klar ausgedrückt?«

»Ja, Sir«, sagten Paul und ich wie aus einem Munde.

»Setzen!«

Wir taten, was er sagte. Ich ließ mich auf dem Stuhl am Fenster nieder, während Paul auf die Knie sank und im Eiltempo zu seinem Platz krabbelte.

Unter anderen Umständen hätte ich ihn ausgelacht, aber mir war klar, dass ich dasselbe getan hätte. Etwas in der Stimme des Engels – oder vielleicht in seinem Blick – machten Ungehorsam unmöglich.

Das könnte ein Problem werden, dachte ich.

»Klasse«, redete der Engel uns an und stellte sich vor das Pult. »Ich bin der neue Religionslehrer. Mein Name ist Leopold Brightly. Ich verbitte mir, dass ihr mich Leopold nennt. Und schon gar nicht Leo.« Er funkelte ein Mädchen in der letzten Reihe an, das daraufhin in sich zusammensank. »Ich reagiere nur auf Mr. Brightly oder Sir. Irgendeine Vorstellung …«, jetzt starrte er einen Jungen in der ersten Reihe an, »… welche von beiden Varianten ich bevorzuge?«

»Sir?«, sagte der Junge mit zittriger Stimme.

»Korrekt«, antwortete Brightly. »Kommen wir jetzt zu meinen Regeln, die ihr ausnahmslos zu befolgen habt, wenn ihr den Kurs bestehen möchtet. Erstens: Alle müssen sich am Unterricht beteiligen. Falls ihr mir erzählen wollt, ihr wäret zu schüchtern, könnt ihr euch diesen Unsinn gleich sparen. Wenn ihr zu ängstlich seid, um das Wort Gottes zu verkündigen, dann habt ihr nichts in seinem Königreich verloren. Zweitens: Ich dulde keine Diskussion darüber, was ich euch lehre. Jeder, der die Heilige Schrift hinterfragt, zweifelt an Gott. Mag sein, dass euch diese Haltung faschistisch erscheint.« Dabei sah er Cindy mit durchdringendem Blick an, woraufhin sie verängstigt nach Luft schnappte. »Aber so läuft das bei mir nun mal. Und drittens«, sagte er und hob drohend einen Finger, »werdet ihr von der ersten bis zur letzten Minute meines Unterrichts die Hände auf dem Tisch lassen, wo ich sie sehen kann. Haben wir uns verstanden?«

»Ja, Sir«, antworteten wir im Chor.

»Prima«, entgegnete Brightly und nahm mich gründlich ins Visier.

Noch nie zuvor hatte ich so große Angst verspürt.

Er wusste, was ich getan hatte.

Und ich fühlte mich deshalb dreckig und verlogen.

Der Unterricht glich einem Kreuzverhör. Mr. Brightly prüfte unser Wissen, indem er einen Satz aus der Bibel anfing und dann auf einen Schüler zeigte, der aufstehen und das Zitat beenden musste. Nur zweien gelang es, die richtige Antwort zu geben. Einen Schüler faltete er nach allen Regeln der Kunst zusammen, weil der aus der falschen Bibelübersetzung zitiert hatte.

»Dieser Wortlaut stammt aus der King-James-Bibel aus der Zeit von König Jakob«, sagte Mr. Brightly, als wäre er ein Staatsanwalt, der soeben einen Mörder überführt hatte. »Ich hingegen arbeite ausschließlich mit der Standardausgabe.«

»Aber wir …«, setzte sich der Junge, der am ganzen Leib zitterte, zur Wehr.

»Aber was?«, schoss Mr. Brightly mit zuckersüßer Stimme zurück.

»Die Ausgabe haben wir … nun ja … noch nicht besprochen«, kam die stotternde Antwort.

Als Mr. Brightly einen Schritt auf den Jungen zumachte, nässte der sich ein.

»Dann holt ihr das nach«, befahl Mr. Brightly. »In meinem Unterricht werden wir jede Fassung der Heiligen Schrift besprechen. Verstanden?«

»Ja, Sir«, erwiderte der Junge.

»Gut«, gab Mr. Brightly zurück. »Du darfst dich wieder setzen.«

Der Junge gehorchte und setzte sich mit seiner nassen Hose neben die Pfütze, die er verursacht hatte. Jeder andere Lehrer hätte ihn nach Hause geschickt, damit er sich umziehen konnte. Nicht so Mr. Brightly.

Keiner von uns äußerte sich zu dem Vorfall. Weil keiner von uns es für grausam hielt, zumindest nicht in dem Moment. Keiner von uns war dazu in der Lage.

Die Inquisition zog sich hin, bis die Schulglocke ertönte.

Normalerweise sprangen wir auf, sobald es läutete. Dieses Mal jedoch blieben wir brav auf unseren Plätzen sitzen.

»Als Hausaufgabe lest ihr die Genesis, gründlich und in allen Versionen. Vielleicht schneidet ihr so morgen etwas besser ab«, meinte Mr. Brightly. »Außerdem schreibt ihr einen Aufsatz von mindestens tausend Wörtern, in dem ihr erörtert, was ihr gelernt habt. Damit ist die Stunde vorüber!«

Obwohl er uns das kein zweites Mal sagen musste, stürmte niemand aus dem Raum. Stattdessen verließ einer nach dem anderen das Klassenzimmer, wie Perlen an einer Schnur. Erst die erste Reihe, dann die zweite und so weiter. Es dauerte einen Augenblick, bis mir aufging, dass ich das Schlusslicht bilden würde. Inständig wünschte ich mir, ich hätte mich auf die andere Seite des Raumes gesetzt. Als ich dann endlich an der Reihe war, stand ich so schnell wie möglich auf und betete, dass ich es bis zur Tür schaffte, ehe …

»Stuart. Du bleibst noch.«

Verdammter Mist.

»Mir ist zu Ohren gekommen«, begann er, »dass du dich kürzlich der Sünde des Onan schuldig gemacht hast. Stimmt das?«

»Ja«, antwortete ich.

»Wann genau war das?«

»Heute Nacht«, gab ich zurück. Es war unmöglich, die Antwort zu verweigern, geschweige denn zu lügen.

»Dir ist sicher klar, dass es sich um einen schlimmen Verstoß handelt«, sagte Mr. Brightly. »Was hast du zu deiner Verteidigung hervorzubringen?«

»Von einem Dämon weiß ich, dass es keine Sünde ist«, erklärte ich ihm.

»Verstehe«, meinte Mr. Brightly. »Und du glaubst diesem

Dämon? Was frage ich überhaupt. Natürlich tust du das. Ein Wahrheitszauber, ja? Clever von dir.«

Er kann Gedanken lesen, dachte ich.

»Korrekt«, antwortete er. »Daher weiß ich auch, dass du durchschaut hast, wer ich bin. Du bist nicht nur clever, sondern hast außerdem eine gute Auffassungsgabe. Was hat dir dein dämonischer Freund sonst noch so erzählt?«

Wie von selbst kreisten meine Gedanken darum, was Fon Pyre über gefallene Engel erzählt hatte. Es kam mir vor, als wäre mein Kopf ein Computer und Leopold Brightly ein Hacker.

»Verstehe«, sagte er. Seine Augen weiteten sich ein wenig, und sein Mund verzog sich zu einem hauchdünnen Lächeln. »Hast du vor, mich umzubringen?«

»Ich weiß es nicht«, antwortete ich wahrheitsgemäß. »Ich will einfach nur, dass der Wahnsinn ein Ende hat.«

Sein Lächeln wurde breiter, sein Blick bohrte sich in mich. Ich verspürte den Wunsch, mich einzunässen, zwang mich aber, nicht die Kontrolle zu verlieren und nicht vor ihm einzuknicken. Als er jedoch einen Schritt auf mich zumachte, wich ich instinktiv zurück. Noch im selben Moment ärgerte ich mich über meine Schwäche und nahm mir vor, nicht noch einmal nachzugeben.

Brightly trat einen weiteren Schritt vor, woraufhin ich wieder zurückwich. Am liebsten hätte ich geweint, so verängstigt war ich.

»Aber der Wahnsinn hat gerade erst begonnen«, verkündete er und kam mir immer näher. »Und du wirst für deine Sünde büßen.«

»Was ich getan habe, ist keine Sünde«, setzte ich dagegen und wunderte mich gleichzeitig darüber, woher ich den Mut dafür nahm.

»Und ob es das ist«, kam die Antwort.

»Nein, ist es nicht«, bot ich ihm die Stirn.

»Du bist ein schmutziger Junge.«

»Ich bin ein schmutziger Junge«, wiederholte ich. So schnell mein Mut aufgeflackert war, so schnell war er verpufft. Oder Brightly hatte mir den kurzen Moment des Triumphs gegönnt, nur um mir vor Augen zu führen, wie leicht er ihn mir wieder wegnehmen konnte. Plötzlich war ich überzeugt davon, dass ich etwas Schmutziges getan und eine Strafe dafür verdient hatte.

»Ja, das hast du«, sagte er. »Und ich werde dafür sorgen, dass du sie bekommst. Du wirst damit beginnen, Buße zu tun«, fuhr er fort und deutete auf die Pfütze aus Urin, »indem du diese Schweinerei wegwischst. Und zwar mit deinem Hemd.«

»Jawohl, Sir«, antwortete ich und nahm meine Arbeit auf. Noch nie war ich so glücklich gewesen, dass ich an diesem Tag zwei Shirts übereinander trug.

Auf dem Nachhauseweg ließ die Kraft des Engels über mich allmählich nach. Im hintersten Winkel meines Verstandes konnte ich ihn noch spüren, aber meine Gedanken gehörten wieder mir.

Was auch dringend nötig war. Bis zum Schulschluss war ich mir wertlos und widerlich vorgekommen und hatte geglaubt, das Leben nicht verdient zu haben. Einen Moment lang hatte ich sogar mit dem Gedanken an Selbstmord gespielt, um den rechtschaffenen Bürgern der Stadt einen Gefallen zu tun und in der Hölle zu schmoren, wie ich es verdient hatte.

Zum Glück war mir rechtzeitig eingefallen, dass Fon Pyre mir erklärt hatte, menschliche Seelen würden nicht in der

Hölle landen. Er hatte mir erzählt, dass dieser Ort für Dämonen reserviert war. Und zwar ausschließlich für Dämonen.

Das wiederum rief mir andere Sachen in Erinnerung, die er mir gesagt hatte. Zum Beispiel, dass die Sünde des Onan überhaupt gar keine Sünde sei. Und damit löste sich langsam das Gefühl der Wertlosigkeit in Luft auf, und mir wurde klar, dass der Engel mich manipuliert hatte – und zwar mit erschreckender Leichtigkeit.

Jeder Versuch, ihn umzubringen, wäre zum Scheitern verurteilt, so viel stand fest.

13

Am Abend bestellte Father Reedy Pizza, und wir sprachen über das, was wir an dem Tag erlebt hatten.

Reedy und Chester waren alles andere als untätig gewesen. Während ich in der Schule gewesen war, hatten die beiden sich bemüht, unsere Eltern davon zu überzeugen, uns wieder bei sich aufzunehmen. Sie hatten unseren beiden Müttern sowie Chesters Vater auf der Arbeit einen Besuch abgestattet und versucht, sie mit Vernunft und Logik – gewürzt mit einer großzügigen Prise Familienwerte – umzustimmen.

Doch Chesters Vater war hart geblieben. Er wollte seinen Sohn niemals wiedersehen. Seine Mom hatte sich zwar als zugänglicher entpuppt, hatte sich aber nicht gegen den Willen ihres Mannes auflehnen wollen.

Meine Mom hatte gemeint, sie würde mich wieder einziehen lassen, wenn ich mich für mein Handeln entschuldigte und zugab, dass ich einen Fehler gemacht hatte. Das Geld für die Reparatur müsste ich natürlich nach wie vor bezahlen. Ich sagte Father Reedy, ich würde es mir durch den Kopf gehen lassen, hatte aber in Wahrheit längst meine Entscheidung getroffen.

»In Wahrheit hast du deine Entscheidung doch längst getroffen«, meinte Reedy, als könne auch er Gedanken lesen. »Gib's zu.«

»Sie haben recht. Ich komme erst dann nach Hause zurück, wenn meine Mutter sich bei *mir* entschuldigt«, erklärte ich. »Und keine Minute eher.«

Chester hüllte sich in tiefes Schweigen und rührte seine Pizza kaum an. Ich konnte ihn vollkommen verstehen. Ich wäre auch nicht gerade begeistert gewesen, wenn mein Vater sich von mir losgesagt hätte. Um ihn auf andere Gedanken zu bringen, erzählte ich den beiden von meiner Begegnung mit Mr. Brightly.

»Ach, du ahnst es nicht«, sagte Father Reedy, nachdem ich fertig war.

»Ja und?«, meinte Chester. »Wir wussten doch, dass er andere beeinflussen kann.«

»Aber nicht, in welchem Ausmaß«, warf Reedy ein. »Dieser Mr. Brightly kann sogar Gedanken lesen, Chester. Und er hat Stuart so weit gebracht, an sich selbst zu zweifeln. Ich hatte gehofft, dass er und ich gegen die Wirkungskraft des Engels immun wären. Immerhin hat er es nicht geschafft, uns wie all die anderen aufzuhetzen.«

»Darüber habe ich auch schon nachgedacht«, sagte ich. »Genau genommen hätte ich anfangen müssen, mich selbst zu hassen, als der Rest der Stadt ausgeflippt ist. Und Sie hätten eigentlich die Predigt über Onan halten müssen.«

»Eben!«, gab Father Reedy zurück. »Ich habe dir ja erzählt, dass ich an dem Morgen den starken Wunsch verspürt habe, meine Predigt über den Haufen zu werfen. Dir und mir ist es gelungen, Widerstand zu leisten, anders als den meisten anderen.«

»Ich habe mich auch gewehrt«, sagte Chester.

»Hast du nicht«, entgegnete ich. »Du hast einen Stein durch

das Wohnzimmerfenster meiner Mom geworfen. Schon vergessen?«

»Na ja ... ich meine im Anschluss daran«, erwiderte er kleinlaut.

»Aber als du in unmittelbarer Nähe des Engels gewesen bist, Stuart«, kehrte Father Reedy zum Thema zurück, »als er sich voll und ganz auf dich konzentrieren konnte, da hattest du keine Chance gegen ihn. Wenn wir herausbekämen, was uns bis dahin beschützt hat, dann ...«

In dem Moment ertönte die Haustürklingel und ließ uns zusammenfahren. Tja, wenn sich die gesamte Stadt gegen einen verschworen hat, machen einen schon Kleinigkeiten ziemlich nervös.

»Ihr wartet hier«, raunte Father Reedy. »Ich sehe nach, wer es ist.«

Chester war anzusehen, dass er dieser Anweisung nur zu gern nachkam. Ich hingegen heftete mich unauffällig an Reedys Fersen und beobachtete vom Flur aus, wie er die Tür öffnete. Wenn jemand Ärger machte, sollte Father Reedy nicht darunter leiden müssen, was mit mir begonnen hatte.

Doch unsere Nervosität erwies sich als unnötig. Vor der Tür stand Jane, die magere Blondine aus meiner Jugendgruppe. Unter Tränen erklärte sie, dass sie nicht wüsste, wohin sie gehen sollte. Mir war sofort klar, was geschehen war. Die Zahl der Ausgestoßenen war soeben auf drei gestiegen.

»Komm erst mal rein«, forderte Father Reedy sie freundlich auf, schloss die Tür und verriegelte sie anschließend. »Hier bist du in Sicherheit.«

»Das meinte meine Mom auch«, schluchzte Jane. »Nachdem mein Dad mich rausgeworfen hat, ist sie mir nachgegangen. Sie hat mir erzählt, sie hätte gehört, wie Stuarts Mom von Ihnen gesprochen hat. Hi, Stuart.« Schüchtern winkte sie mir zu. Der Blick auf ihrem Gesicht sprach Bände. Bis vor gar nicht langer Zeit hatte sie mich, wie die anderen auch, als widerlichen Sünder abgestempelt.

»Willkommen in unserer kleinen, spaßigen Truppe«, sagte ich, während Reedy und ich sie in die Küche führten.

Als Chester Jane erblickte, weiteten sich seine Augen. »Du hast ... es auch getan?«, fragte er mit einer unmissverständlichen Geste, die seinen Worten Nachdruck verleihen sollte.

»Genau genommen nicht«, antwortete Jane. »Mein Dad hat mich lediglich dabei erwischt, wie ich mir ein Musikvideo angesehen habe.«

»Hä?«, sagten Chester und ich wie aus einem Munde.

»Es war das neue Video von den Angry Bitter Young Guys«, erklärte Jane uns. »In einer Szene tanzen die Bandmitglieder mit leichtbekleideten Mädchen, und mein Dad fand, dass es mich moralisch verderben und mich dazu bringen würde, dass ich ... na, ihr wisst schon.« Jetzt war sie diejenige, die die eindeutige Handbewegung machte. »Mein Dad war so wütend, dass ich dachte, er würde ...« Sie hielt inne.

»Jetzt zier dich nicht so, sprich endlich weiter«, meinte Chester und bewies damit ungefähr so viel Einfühlungsvermögen wie ein Bulldozer.

»Wenn meine Mom nicht da gewesen wäre«, fuhr sie fort, »hätte er mich geschlagen. Da bin ich mir ganz sicher.«

»Mit der Faust oder mit der flachen Hand?«, wollte Chester wissen.

Manchmal könnte ich diesen Idioten windelweich prügeln. So etwas fragt man einfach nicht.

»Stattdessen hat er mich vor die Tür gesetzt«, überging Jane Chesters unverschämte Frage.

»Aber gegen den Willen deiner Mutter«, sagte ich.

»Immerhin hat sie dir sogar geraten, hierherzukommen«,

meinte Father Reedy. »Das ist ein gutes Zeichen. Vielleicht gelingt es mir morgen, deinen Dad umzustimmen. Aber bitte, Jane, nimm erst einmal Platz. Wir sind gerade dabei, zu besprechen, wie es weitergehen soll.«

»Ich schlage vor, du bereitest dich mental darauf vor, dass sich dein Weltbild gleich von Grund auf ändert«, sagte ich. »Es gibt da ein paar Dinge, die wir dir erklären müssen. Du wirst staunen, das verspreche ich dir.«

Die nächste Stunde verbrachten wir damit, Jane in alles einzuweihen. Als sie erfuhr, was es mit unserem Ersatzlehrer auf sich hatte, flippte sie fast aus.

»Bei dem habe ich heute auch Unterricht gehabt!«, rief sie und fuhr dann fort: »Ganz geheuer war der Kerl mir nicht.«

»Das ist die Untertreibung des Jahres«, gab ich zurück. »Er hat es geschafft, dass ich mich wie der letzte Abschaum fühlte.«

»Ich weiß, was du meinst«, sagte Jane. »Als er mich angesehen hat, konnte ich spüren, dass er über jede Sünde, die ich jemals begangen habe, Bescheid wusste.«

»Kurz bevor du zu uns gestoßen bist«, ergriff Father Reedy das Wort, »haben wir darüber gesprochen, welchen Einfluss der Engel auf uns hat und dass er Stuart und mir aus unerfindlichen Gründen nicht so viel anhaben kann. Und deiner Mutter anscheinend auch nicht, wenn ich mich nicht täusche.«

»Na ja, sie war schon wütend auf mich«, warf Jane ein. »Aber sie war nicht der Meinung, ich sei eine …« Mitten im Satz brach sie ab. Zweifellos dachte sie daran, wie ihr Vater sie genannt hatte, ehe er sie vor die Tür gesetzt hatte.

Als Chester den Mund öffnete, um das Wort zu erraten, verpasste ich ihm kurzerhand einen Tritt unter dem Tisch.

»Schon gut, du musst nicht weitersprechen«, sagte Father Reedy, während Chester aufjaulte und sich das Schienbein rieb. »Am besten sollten wir jetzt herausfinden, was deine Mutter, Stuart und ich gemeinsam haben. Wenn wir wissen, warum der Engel uns nicht so leicht in seinen Bann ziehen kann, gelingt es uns vielleicht, die Stadt zu retten.«

»Die Stadt zu retten?«, wiederholte Chester. »Warum kümmern wir uns nicht darum, uns selbst zu retten?«

»Wenn wir die Stadt aus Brightlys Bann befreien, sind wir automatisch in Sicherheit«, erklärte ich ihm. »Aber wir dürfen keine Zeit verlieren. Die Zeichen stehen auf Sturm. Ich habe das ungute Gefühl, dass alles immer schlimmer ... Moment, hört ihr das auch?«

»Was?«, fragte Jane.

»Klingt wie ...«, sagte Chester.

»O nein«, entfuhr es Father Reedy, ehe er wie von der Tarantel gestochen aus dem Raum stürzte.

»Was denn?«, fragte Jane erneut. »Was ...? Oh.«

»O ja«, sagte ich und lief Father Reedy nach.

Vom Wohnzimmer aus waren die Gesänge besser zu hören. Genau wie die Schritte Dutzender – wenn nicht Hunderter – Füße.

»Ist es so schlimm, wie es sich anhört?«, erkundigte ich mich leise.

Father Reedy, der zum Wohnzimmerfenster hinaussah, drehte sich zu mir um und nickte.

»Lassen Sie mich raten«, sagte ich. »Hat sich da zufällig ein Mob versammelt, bewaffnet mit brennenden Fackeln und Mistgabeln?«

»Ich fürchte ja«, erwiderte er.

»Besteht die Möglichkeit, dass sie protestieren, weil Ihr Nachbar gerne mal die Musik zu laut aufdreht?«

»Wohl eher nicht.«

»Das habe ich schon befürchtet«, antwortete ich.

»Ich nicht«, murmelte Reedy niedergeschlagen und ließ sich in einen Sessel fallen. »Dass sich die Situation so entwickeln und so schnell eskalieren würde, hätte ich nicht gedacht. Ich hatte gehofft, wir könnten die Menschen durch Gespräche zur Vernunft bringen und ihnen klarmachen, dass sie in die Irre geführt werden.«

Im selben Moment zerschmetterte ein Stein das Fenster. Erst einer, dann noch einer.

»Ich schätze, dass es jetzt ganz offiziell zu spät dazu ist«, sagte ich. »Diese Stadt ist jenseits von Gut und Böse.«

»Nein!«, rief Father Reedy und erhob sich. »Nein, ich kann und werde das nicht einfach hinnehmen. Das da draußen sind freundliche Menschen. Tief in ihrem Innern, unter all dem künstlich geschürten Hass, schlagen reine Herzen. Und es ist meine Aufgabe, die Leute daran zu erinnern.«

»Father Reedy, nein!«, schrie ich, als er bereits die Haustür aufriss. »Tun Sie das nicht!«

»Vertrau mir«, entgegnete er, ehe er nach draußen ging, um der aufgebrachten Meute entgegenzutreten.

Es waren um die hundert Menschen, die sich versammelt hatten. Keiner von ihnen blickte besonders fröhlich drein. Es hätte mich kaum gewundert, wenn sie eine Art Uniform getragen hätten, aber sie sahen aus wie immer. Im Schein der Fackeln erkannte ich unzählige bekannte Gesichter: Chesters Eltern, Janes Vater, ein paar Lehrer, Rektor Raiser, Mrs. Farmson und ihr Sohn Jacob. Hier und da sah ich einige Polizisten in der Menge – ein doppelt schlechtes Zeichen. Erstens konnten wir sie nicht zu Hilfe rufen. Und zweitens bestand die Gefahr, dass es zu einer Schießerei kommen könnte.

Ganz hinten entdeckte ich meine Mom.

Ich spürte es deutlich: Gleich würde etwas Entsetzliches geschehen.

14

Leute«, rief Father Reedy in die Menge, »bitte beruhigt euch wieder!«

Währenddessen bezog ich Position hinter der Tür, von wo aus ich nach draußen spähte. Für den Fall, dass sich meine Befürchtungen bewahrheiteten und die Situation außer Kontrolle geriet, wollte ich Reedy zurück ins Haus zerren und die Tür zuschlagen.

»Mit Ihnen, Father Reedy, haben wir kein Problem«, erklärte Jacob Farmson. »Schicken Sie die Sünder heraus, und wir werden Sie in Frieden lassen.«

»Schicken Sie sie raus, Father Reedy«, fügte seine Mom hinzu. »Sie müssen sich stellen, denn der Herr fordert sein Recht.«

Konnte es sein, dass Jacob und seine Mutter tatsächlich die Anführer waren?

»Mrs. Farmson, bitte«, versuchte Father Reedy, sie zu beschwichtigen. »Wir sollten nichts tun, was wir hinterher bereuen. Die Kinder sind bei mir untergekommen und …«

»Er beschützt Sünder!«, sagte jemand laut.

»Er steht auf derselben Stufe wie die Sünder!«, rief ein anderer.

»Er ist selbst ein Sünder!«, brüllte ein dritter.

Während Father Reedy sich vergebens bemühte, den Gemeindemitgliedern aufzuzeigen, dass sie sich irrten, bemerkte ich etwas Seltsames in der Luft um den Mob herum. Etwas, das ich nur sehen konnte, wenn ich nicht direkt hinsah. Erst nach mehreren Anläufen erkannte ich aus den Augenwinkeln, was es war.

Dämonen. Die Menge war von Dämonen umgeben. Die Erkenntnis schnürte mir den Hals zu, und ich geriet fast in Panik. Doch dann ging mir auf, warum ich sie nicht ganz genau, sondern nur schemenhaft erkennen konnte: Es schien, als schwebten sie zwischen unserer Welt und der ihren.

Noch eine schlechte Nachricht.

»Bitte«, versuchte Father Reedy erneut, sich Gehör zu verschaffen. »Benehmen sich so gute Christen?«

»Pst, Father Reedy«, zischte ich. Ich wollte ihn vor den Dämonen warnen, erntete jedoch nur eine wegwerfende Handbewegung von ihm.

»Jesus fordert uns auf, unseren Nächsten zu lieben«, fuhr Reedy fort. »Wir sollten den Sünder lieben und nur die Sünde selbst verachten. Außerdem heißt es in der Heiligen Schrift: ›Richtet nicht, auf dass ihr nicht gerichtet werdet.‹«

»Wenn Sie uns die Sünder nicht ausliefern«, rief Jacob feindselig, »werden Sie eben gemeinsam mit ihnen untergehen.« Als er einen Stein in die Höhe hielt, taten die anderen es ihm gleich.

»Wartet!«, rief Father Reedy. »Das seid doch nicht ihr selbst. Ich kenne euch seit Jahren. Einige von euch habe ich sogar aufwachsen sehen. Ihr seid herzensgute, vernünftige Menschen. Hört auf das, was euer christliches Herz euch sagt, und stoppt diesen Wahnsinn.«

»Father Reedy!«, flüsterte ich so laut, wie ich mich gerade traute.

»Vergesst nicht, was Jesus einst gesagt hat«, fuhr Reedy fort, »wer ohne Sünde ist, der werfe den ersten Stein.«

Im selben Augenblick traf Father Reedy ein Stein am Kopf. Er fiel seitlich von der Veranda auf den Rasen. Wie Pistolenkugeln surrten Steine durch die Luft.

»Father Reedy!«, schrie ich und wollte ihm gerade zu Hilfe eilen, als ich merkte, dass mich etwas zurückhielt. Chester stand hinter mir.

»Nein!«, fauchte ich. »Lass mich los, wir müssen ihm doch helfen!«

»Denkst du, dass die Steine einfach so an dir abprallen? Hältst du dich etwa für unverwundbar?«, warf Jane ein, ehe sie einen Satz nach vorne machte und die Tür ins Schloss warf. Wie Hammerschläge donnerte es gegen Tür und Wände, und ein paar weitere Fenster gingen zu Bruch.

»Wir müssen hier raus«, sagte Chester.

»Wir nehmen den Hinterausgang und schlagen uns bis zur nächsten Straße durch«, schlug Jane vor.

»Aber Father Reedy …«, stammelte ich.

»Wir können ihm nicht helfen«, meinte Jane und zerrte an meinem Arm. »Komm schon, wir müssen uns in Sicherheit bringen.«

Mit einem mulmigen Gefühl in der Magengrube nickte ich.

»Moment noch«, sagte ich, hastete quer durch das Wohnzimmer und schnappte mir meinen Rucksack. »Den brauchen wir.«

Ein letzter, flüchtiger Blick durch das zertrümmerte Fenster verriet mir, dass die Meute bereits den Vorgarten stürmte. Abgesehen von den Fackeln waren sie mit Baseballschlägern und Stahlrohren bewaffnet. Irgendwie wurde ich das Gefühl nicht los, dass Father Reedy sich bald nach einer neuen Bleibe umsehen müsste.

Vorausgesetzt natürlich, er überlebte das Ganze.

»Komm schon, Stuart«, rief Jane. Chester hatte bereits den Abflug gemacht. Wir durften keine Zeit verlieren.

Gerade als der Mob die Haustür einschlug, schlüpften wir durch den Hinterausgang ins Freie.

Nachdem wir vier Blocks hinter uns gebracht hatten, bemerkten wir, dass uns niemand folgte. Leider bemerkten wir auch die Flammen und den Rauch, der von der Stelle, an der Father Reedys Haus stand, in den nächtlichen Himmel emporstieg.

»Vielleicht ist es gar nicht Father Reedys Haus«, sagte Chester. »Wer weiß? Es könnte doch gut sein, dass genau jetzt ein Brand in einem anderen Haus ausgebrochen ist. Manchmal gibt es die seltsamsten Zufälle.«

»Nicht sehr wahrscheinlich«, erwiderte ich.

»War ja nur so eine Idee.«

»Wir sollten von der Straße weg«, meinte Jane. »Für den Fall, dass sie doch hinter uns her sind. Ich schlage vor, wir verstecken uns in der Kirche.«

»Nein«, entgegnete ich. »Da würden sie uns sofort finden. Ich habe eine bessere Idee. Mir nach.«

Zehn Minuten später kletterten wir die Feuerleiter des leerstehenden Eisenwarenladens hoch. Außer Father Reedy und Chester wusste niemand von diesem Unterschlupf. Die Meute würde uns also hier nicht finden.

»Was für eine Bruchbude«, meinte Jane.

»Besser als nichts«, antwortete ich. »Kommt schon, wir gehen in den Keller.«

»Warum?«, wollte Chester wissen. »Meinst du, jemand könnte uns durch die vernagelten Fenster sehen?«

»Nein«, erwiderte ich. »Wir werden meinen Freund zu Rate ziehen.«

»Du meinst ...«, sagte Chester.

»Ja«, erklärte ich. »Es wird höchste Zeit herauszufinden, was hier wirklich vor sich geht.«

Während ich alles für die Beschwörung vorbereitete, erzählte ich Chester und Jane von den Dämonen, die ich beim Mob gesehen hatte. Die beiden flippten beinahe aus, Chester mehr noch als Jane. Meine Sorge wuchs, dass Chester komplett die Kontrolle verlieren würde, wenn es hart auf hart kam. Auf der anderen Seite musste ich ihm zugutehalten, dass er mich gerade noch rechtzeitig in Father Reedys Haus zurückgezogen und mir dadurch das Leben gerettet hatte.

»Reg dich wieder ab, Chester«, sagte ich. »Sie waren nicht wirklich da.«

»Bleibt die Frage, was sie wollten«, gab er zurück.

»Wahrscheinlich haben sie die Menge manipuliert«, vermutete Jane. »Sicher wollten sie die Menschen dazu verleiten, etwas Böses zu tun.«

»Den Gedanken hatte ich auch schon«, sagte ich. »Aber das erklärt noch lange nicht, wie sie überhaupt dorthin gekommen sind. Dämonen können unsere Welt nicht betreten, geschweige denn sich ihr nähern – es sei denn, sie werden heraufbeschworen.«

»Wer sie wohl gerufen hat?«, dachte Chester laut nach.

»Das werden wir gleich herausfinden«, antwortete ich. »Und jetzt seid leise, ich muss mich konzentrieren.«

Das stimmte nicht ganz, ich wollte einfach nur ein wenig Ruhe haben. Vor meinem geistigen Auge sah ich immer wieder, wie der Stein Father Reedy traf, und dachte daran, dass ich ihn hilflos zurückgelassen hatte. Mit ein wenig Glück war er nur ohnmächtig geworden, die Meute hatte ihn einfach zurückgelassen, und er würde neben den verkohlten Überresten seines Hauses aufwachen. Wenn das Glück ihm jedoch nicht so hold war …

Mit aller Kraft schob ich den Gedanken beiseite und machte mich wieder an die Arbeit. Im Moment gab es nichts, was ich für Father Reedy tun konnte, aber ich konnte immerhin versuchen, Chester, Jane und mich selbst zu retten.

Zwei Minuten später erschien Fon Pyre in seinem Dreieck, und Hitze schoss mir entgegen. Ich riss die Arme vors Gesicht. Ob ich irgendwann mal daran denken würde, mich weiter weg zu setzen? Schnell sprach ich die Formel, band den Dämon damit an meinen Willen und verpflichtete ihn dazu, nur die Wahrheit zu sagen.

»Wie ich sehe, hat unser kleiner Klub Zuwachs bekommen«, bemerkte der Dämon und fixierte Jane, die mit Furcht und Abscheu im Blick zurückstarrte. »Was ist mit dem Priester passiert?«

»Das spielt jetzt keine Rolle«, gab ich zurück. »Ich habe heute Dämonen gesehen – zumindest befanden sie sich halb in unserer Welt. Was geht da vor sich?«

»Nichts Ungewöhnliches«, antwortete Fon Pyre gelangweilt.

»Was genau soll das bedeuten?«, fragte Chester.

»Dass ihr in Lebensgefahr schwebt«, erwiderte der Dämon. »Ich nehme an, der Mob hat den Prediger erwischt, kann das sein?«

»Woher weißt du von dem Mob?«, wagte Jane sich vor.

»Warst du etwa auch dort?«, fragte ich.

»Ja«, antwortete Fon Pyre.

»Wie ist es euch gelungen, die Grenze zwischen den Welten zu überwinden?«, wollte ich wissen.

»Technisch gesehen haben wir eure Welt nicht ganz betreten, sondern ...«

»Beantworte die Frage«, befahl ich ihm.

»Der Hass der Stadtbewohner hat die Grenze zwischen den Welten geschwächt«, sagte Fon Pyre. »Dadurch kommen wir euch näher. Im Moment können wir nur den Verstand der Menschen lenken und sie dazu bringen, das zu tun, was wir wollen. Sollte der Hass jedoch weiter wachsen ...« Er hielt inne. Vermutlich merkte er, dass er bereits zu viel verraten hatte.

»Was«, fragte ich, »wird passieren, wenn der Hass weiter wächst?«

»Dann können wir in eure Welt hinüberwechseln«, antwortete Fon Pyre. »Und zwar mit Haut und Haaren.«

Ein eisiger Schauer lief mir über den Rücken. »Wie weit sind wir davon entfernt?«, hakte ich nach. Wenn Dämonen unsere Welt betreten konnten, ohne dass sie gerufen wurden ... Das Wort »Apokalypse« kam mir in den Sinn.

»Bedauerlicherweise noch ziemlich weit«, erklärte Fon Pyre. »Der Hass einer einzigen Stadt reicht da leider nicht aus.«

»Endlich mal eine gute Nachricht«, meinte Jane.

Ich musterte das Gesicht des Dämons. Er verheimlichte mir etwas. Sonst hätten seine Mundwinkel nicht so gezuckt, als Jane gesprochen hatte.

»Kommt noch mehr Hass?«, fragte ich.

»Ja«, antwortete Fon Pyre.

»Wann?«

»Freitag.«

»Was passiert denn am Freitag?«, wollte Chester wissen.

»Das Treffen mit der Jugendgruppe aus Wernsbridge«, entgegnete Jane. »Etwas anderes fällt mir nicht ein.«

»Das ist es!«, rief ich. »Chester, du warst doch dabei, als Father Reedy über seinen Bruder geredet hat. In Wernsbridge gibt es auch einen gefallenen Engel. Den werden sie mitbringen – und damit mindestens noch mal so viel Hass.«

»Und wenn sie erst mal hier sind und sich der Hass beider Gruppen vermischt«, sagte Jane düster, »dann gibt's …«

»… eine echte Party!«, fiel Fon Pyre ihr jubelnd ins Wort.

»Halt die Schnauze«, ranzte Chester ihn an und verpasste einem kleinen Gegenstand einen Tritt, der daraufhin durch die Luft segelte. Erst viel später fand ich heraus, dass es sich um einen alten Kaffeebecher handelte. In diesem Moment zählte allerdings nur, dass er geradewegs in Richtung Dämonendreieck flog.

»Nein!«, schrie ich und machte einen Satz nach vorne. Gleichzeitig war mir klar, dass es bereits zu spät war. Der Becher landete im Innern des Dreiecks direkt neben Fon Pyre. Der Zauberbann, der den Dämon bis dahin in Schach gehalten hatte, war damit gebrochen.

»Freiheit!«, rief Fon Pyre mit einem dämonischen Lächeln auf den Lippen.

Und schon stürzte er sich auf mich.

15

Geistesgegenwärtig wich ich zur Seite. Fon Pyres scharfe Klauen verfehlten mich nur um Haaresbreite. Da mir nichts Besseres einfiel, begab ich mich auf alle viere in Käferposition und krabbelte weg. Mir war allerdings klar, dass ich das Unvermeidliche damit nur hinauszögerte.

Für den Fall, dass ein Dämon seinem magischen Käfig entfloh, waren sich alle mir bekannten okkulten Bücher einig. Das Fazit lautete: *Gib auf und hoffe darauf, dass er dir ein schnelles Ende bereitet.*

Ich hatte berechtigte Zweifel, dass die anderen mir eine große Hilfe wären. Jane stand vor Angst schlotternd in der Ecke, und Chester hastete in Richtung Treppe.

Währenddessen setzte Fon Pyre zu einem weiteren Sprung auf mich an. Trotz seiner geringen Größe war er ziemlich stark, und ich schlug auf dem Boden auf. Seine kleinen Hände schossen nach vorne, und er legte sie um meinen Hals, als wolle er mir das Genick brechen. Seine Haut war brennend heiß, versengte mir Wangen und T-Shirt. Ich ignorierte die Hitze, griff nach seinen Armen und versuchte, ihn wegzustoßen – ohne Erfolg. Er bewegte sich keinen Millimeter. Als ich mich daraufhin gegen seinen Körper stemmte, bohrten sich als Antwort die Klauen an seinen Füßen in meine Brust. Ich jaulte auf.

»Seit unserer ersten Begegnung habe ich darauf gewartet, habe mich regelrecht danach gesehnt«, zischte der Dämon. »Das hier werde ich bis zur letzten Sekunde auskosten, darauf kannst du dich verlassen.«

Einen schnellen schmerzlosen Tod konnte ich mir also getrost abschminken. Stück für Stück bewegte Fon Pyre seine Hände über meine Wangen weiter nach oben. Die sengende Hitze trieb mir die Tränen in die Augen. Als mir aufging, dass er mich blenden wollte, schrie ich so laut, wie ich konnte.

Just in dem Moment krachte Janes Fuß gegen Fon Pyres Kopf. Der Dämon schwankte zur Seite, ließ jedoch nicht von mir ab.

»Geduld, meine Kleine«, säuselte er. »Du kommst noch früh genug dran.«

»Runter von ihm!«, schrie Jane und setzte zu einem weiteren Tritt an.

Doch dieses Mal war der Dämon darauf vorbereitet. Er fing Janes Fuß ab und drehte ihn so schnell herum, dass sie bäuchlings hinfiel.

»Vielleicht sollte ich mir deine kleine Freundin zuerst vorknöpfen«, raunte Fon Pyre. »Als Erstes breche ich jeden Knochen in ihrem Fuß und arbeite mich dann langsam nach oben vor.«

»Nein!«, brüllte ich. »Lass sie los!«

Und Fon Pyre gehorchte. Einfach so. Das Ganze schien ihn noch mehr zu überraschen als mich. Er war so perplex, dass er Janes dritten Angriff nicht kommen sah. Janes Fuß traf ihn mit voller Wucht in die Flanke. Im selben Moment lösten sich seine Krallen aus meiner Brust.

»Aua!«, rief ich, während der Dämon gemeinsam mit ein paar Fetzen von meinem T-Shirt und meiner Haut quer durch den Raum flog.

»Tut mir leid«, sagte Jane, rollte herum und hockte sich neben mich. »Alles in Ordnung mit dir?«

»Wird schon«, antwortete ich. »Mach dir um mich keine Sorgen. Sag mir lieber, wo …«

Ehe ich den Satz beenden konnte, rammte Fon Pyre sich Jane so hart in den Bauch, dass sie auf den Rücken fiel.

»Stopp!«, rief ich, als er eine Klaue in die Luft riss, um auszuholen. »Runter von ihr.«

Sofort hopste der Dämon von Jane herunter. Jane versuchte, sich aufzurichten, doch Fon Pyre bekam ihre Bluse zu packen und holte zu einem weiteren Schlag aus.

»Tu ihr nicht weh«, befahl ich ihm. Fon Pyre hielt inne. So langsam dämmerte mir, was hier vor sich ging. »Fon Pyre, geh zurück in dein Dreieck.«

Der Dämon tat es. Seinem Gesichtsausdruck nach zu urteilen, hatte er das Spiel inzwischen auch durchschaut.

»Rühr dich nicht von der Stelle«, sagte ich streng. Wie angewurzelt blieb er, wo er war. Wenn Blicke töten könnten, wäre ich in dem Moment allerdings gestorben.

»Was … geht hier vor sich?«, fragte Jane keuchend, als wir uns beide erhoben. »Ich dachte, er wollte uns alle töten.«

»Das hätte er auch getan«, erklärte ich ihr. »Aber jedes Mal, wenn ich ihn rufe, unterwerfe ich ihn meinem Willen. Das mache ich, damit er die Wahrheit spricht. Wie es scheint, verleiht mir das mehr Macht über ihn, als ich geahnt habe. Habe ich recht, Fon Pyre?«

»Ja doch«, antwortete der Dämon zähneknirschend.

»Soll das heißen, dass er alles tun muss, was du von ihm verlangst?«, wollte Jane wissen.

»Wow, dir entgeht aber auch wirklich nichts«, zischte Fon Pyre.

»Das war nicht sehr nett«, sagte ich. »Ohrfeige dich selbst.«

Der Dämon hob die rechte Hand und schlug sich ins Gesicht.

»Fester«, forderte ich ihn auf, woraufhin er weiter ausholte und sich noch einmal ohrfeigte. »Und jetzt entschuldigst du dich bei Jane und mir dafür, dass du versucht hast, uns umzubringen.«

»Es tut mir leid, dass ich versucht habe, euch umzubringen.«

»Niedlich«, meinte Jane. »Du hast deinen persönlichen Dämonensklaven.«

»Aber nicht auf Dauer«, sagte ich und postierte mich vor dem Dreieck. »Ich schicke ihn zurück.«

»Was? Warum?«, fragte Jane.

»Er ist zu gefährlich«, antwortete ich. »Sobald ich ihn auch nur eine Sekunde aus den Augen lasse, könnte er uns beide um die Ecke bringen. Und sich anschließend nach Herzenslaune in der Stadt austoben.«

»Dann befiehl ihm, es nicht zu tun.«

»Du verstehst das nicht«, erklärte ich ihr. »Wenn ich meine Befehle nicht präzise genug formuliere und es auch nur den kleinsten Spielraum für Interpretation gibt …«

»Sei eben vorsichtig«, sagte Jane. »Wir könnten seine Hilfe gut gebrauchen. Angenommen, der Mob findet uns …«

»Es ist zu riskant«, unterbrach ich sie.

»Er hat recht«, meldete Fon Pyre sich zu Wort. »Wir sind ja hier nicht auf einem Kindergeburtstag. Ich bin von Natur aus böse und werde immer darauf lauern, euch zu betrügen.«

Überrascht blinzelte ich ihn an. Weshalb unterstützte er mich?

»Warum unterstützt du mich?«, erkundigte ich mich.

»Ich habe meine Gründe«, erwiderte Fon Pyre.

»Du möchtest, dass ich dich zurückschicke«, überlegte ich laut. »Weshalb?«

»Damit ich den Dämonen, die den Mob begleitet haben, erzählen kann, wo du bist«, lautete die Antwort.

»Siehst du?«, bemerkte Jane. »Wenn wir ihn zurückschicken, ist das unser Todesurteil. Komm schon, Chester, du könntest mir ein wenig helfen, ihn zu überzeugen.«

Wir blickten beide in Richtung Treppe. Keine Spur von Chester.

»Chester!«, rief ich.

»Du denkst doch nicht, dass er dumm genug ist, sich allein aus dem Staub zu machen, oder?«, meinte Jane.

»Ich schon«, mischte sich Fon Pyre ein.

»Na großartig«, stöhnte ich.

»Wir müssen ihn finden«, sagte Jane. »Wenn der Mob ihn in die Finger bekommt, war's das.«

»Noch wahrscheinlicher ist«, schaltete Fon Pyre sich ein, »dass sie ihn vorher zwingen, euer Versteck zu verraten. Und danach schlagen sie ihm erst den Schädel ein.«

»Los, wir gehen ihn suchen«, schlug ich vor. »Fon Pyre …« Tja, was? Unsicher hielt ich inne. Am klügsten – am besten – erschien es mir, den Dämon zurückzulassen: Von hier aus konnte er niemandem Schaden zufügen. Es wäre ein Einfaches, ihm den Befehl zu erteilen, sich nicht von der Stelle zu rühren. Aber was, wenn er in meinen Worten irgendein Schlupfloch entdeckte, das er gnadenlos ausnutzte? Und selbst wenn ich ihm befahl, den Keller nicht zu verlassen, war das längst kein Garant dafür, dass er nicht doch Unheil anrichtete. Trotz meiner intensiven Lektüre über Dämonen hatte ich keine Ahnung, wie stark Fon Pyres Macht letzten Endes war. In Gedanken malte ich mir eine ganze Reihe von Möglichkeiten aus, allesamt ein wenig weit hergeholt, aber nichtsdestotrotz nicht komplett unrealistisch. Fon Pyre war durchaus zuzutrauen, dass er die Bodenplanken herausriss und sie mit dem Durchschlagsvermögen von Pistolenkugeln nach draußen auf die Straße feuerte. Was, wenn er ein Loch grub, auf ein Wasserrohr stieß und das Trinkwasser der Stadt vergiftete? Oder wenn er auf eine Leitung stieß und einen Stromausfall herbeiführte? Oder wenn der Strom ihm zusätzliche Kraft verlieh und er …

Okay, das war eher unwahrscheinlich. Aber wer konnte schon wissen, was ein Dämon sich so alles einfallen ließ – und wozu er fähig war? Egal, wie ich es drehte und wendete, ich konnte Fon Pyre unmöglich aus den Augen lassen.

»Ja, Meister?«, fragte der Dämon. »Wie kann ich euch dienen?«

»Sperr mal deine Ohren auf«, sagte ich. »Es wird Zeit für ein paar Grundregeln. Erstens befehle ich dir, niemanden zu töten oder zu verletzen. Zweitens wirst du immer in meiner Sichtweite bleiben.«

»Und was, wenn du blinzelst?«, wollte Fon Pyre wissen.

»Guter Einwurf«, erwiderte ich. »Hiermit befehle ich dir, dich zu keinem Zeitpunkt weiter als fünf Meter von mir zu entfernen. Verstanden?«

»Klar doch. Was immer du befiehlst, Boss!«, gab Fon Pyre zurück.

»Eins noch«, fügte ich hinzu. »Du wirst keinerlei Versuche machen, Kontakt zu den anderen Dämonen aufzunehmen. Ist das klar?«

»So klar wie Kloßbrühe«, antwortete Fon Pyre leicht säuerlich. Es war ihm deutlich anzusehen, dass er darauf gehofft hatte, ich würde diesen Punkt vergessen.

»Ausgezeichnet«, schloss ich. »Jetzt sollten wir aber los. Wir müssen Chester suchen – und ihn höchstwahrscheinlich retten.«

16

Jane und ich waren uns einig darüber, dass Chester vermutlich in der Kirche Zuflucht gesucht hatte. Father Reedys Haus stand nicht mehr, und zu seinen Eltern konnte er nicht. Genauso wenig wie zu meiner Familie. Außerdem würde er bestimmt einen Ort aufsuchen, an dem er sich in Sicherheit wähnte – schließlich war er ja davon überzeugt, von einem Dämon verfolgt zu werden. Wo sonst sollte er also hingegangen sein?

Aber wir hatten uns getäuscht. Jane und ich suchten jeden noch so kleinen Winkel der Kirche ab. Keine Spur von Chester.

Stattdessen stießen wir auf Ryan. Und Lucie. Und Tiffanys Ex-Freund Paul. Die drei lagen schlafend auf den Kirchenbänken.

»Lasst mich raten«, meinte Fon Pyre. »Noch mehr Do-it-yourself-Experten.«

»Still!«, zischte ich. »Runter mit deinem Kopf. Wir wollen ja nicht, dass sie gleich vollkommen ausflippen.«

Mit sämtlichen Krallen klammerte Fon Pyre sich hinten an meinem T-Shirt fest. Er konnte Kirchen nicht betreten, weil es sich dabei um geweihte Orte handelte. Deshalb hatte ich ihn kurzerhand huckepack genommen. Kein besonders angenehmer Umstand, zumal er um einiges schwerer war, als er aussah. Allerdings wollte ich ihn unter keinen Umständen aus den Augen lassen.

Murrend hielt Fon Pyre sich hinter meinem Rücken versteckt. Gut, dachte ich. Jetzt musste ich nur noch dafür sorgen, dass ich den anderen nicht den Rücken zukehrte. Zumindest so lange, bis ich ihnen erklärt hatte, dass Dämonen tatsächlich existierten – und dass ich einen davon auf dem Rücken trug.

Ein Kinderspiel, oder?

»Hey«, flüsterte Jane und berührte Lucie an der Schulter.

»Für die sanfte Tour haben wir keine Zeit«, sagte ich und trat gegen die Bank, auf der Paul lag. »Hey! Aufwachen!«

Wie vom Blitz getroffen fuhren die drei hoch. Im ersten Moment hatten sie Angst, wir wären gekommen, um sie zu teeren und zu federn. Deshalb brachten Jane und ich sie schnell auf den aktuellen Stand der Dinge.

»Und du bist also ein echter Selbstbeflecker«, sagte Ryan verächtlich.

»Genau wie du«, schoss ich zurück. »Ansonsten würdest du dich wohl kaum in einer Kirche verstecken, oder?«

»Ich bin keiner, der an sich herumfummelt«, gab Ryan zurück. »Irgendein Schwachkopf aus der Schule hat mich beim Pinkeln beobachtet, sich was in seinem kranken Hirn zusammengereimt und bei Raiser dafür gesorgt, dass ich fliege.«

»Du machst Witze«, meinte Jane.

»Er sagt die Wahrheit«, meldete sich Paul zu Wort. »Die Schulregeln sind ultrastreng geworden. Der kleinste Verdacht auf eine Sünde reicht, und schon fliegst du.«

»Genau. Und dann der Quatsch, dass wir während des gesamten Unterrichts die Hände auf dem Tisch liegen lassen müssen«, schimpfte Ryan. »Als ob wir uns im Klassenzimmer einen runterholen würden.«

»Die Kleidervorschriften sind auch verschärft worden«, fügte Lucie hinzu. »Shirts und Blusen müssen langärmelig und bis zum Kragen zugeknöpft sein. Röcke, die nicht bis zum Boden gehen, sind verboten, und die Hosen müssen so weit geschnitten sein, dass keine Rundungen oder …«, sie blickte an den Jungen herab, »… Beulen erkennbar sind. Und Mädchen mit großen Brüsten sind dazu verdonnert worden, weite Jacken zu tragen, um ihre Oberweite zu verstecken.«

»Ist doch klasse! Dann erkennt man die heißen Girls gleich an den Jacken«, meinte Paul.

»Wenn das so ist, brauchst du dir ja sicher keine weiten Hosen zuzulegen«, entgegnete ich mit Blick auf seine engsitzenden Jeans. »Weshalb bist du eigentlich hier? Immerhin hast du meiner Schwester den Laufpass gegeben, weil du auf keinen Fall mit der Schwester eines Sünders gesehen werden wolltest. Vermutlich bist du also vollkommen unschuldig, stimmt's?«

»Nun ja, das stimmt tatsächlich«, erwiderte Paul. »Ich habe mich noch nie unsittlich berührt. Sogar beim Pinkeln setze ich mich hin, damit ich nichts anfassen muss. Heute morgen allerdings …« Der Rest des Satzes ging in unverständlichem Gemurmel unter.

Auf meinem Rücken kicherte Fon Pyre. Das Gehör von Dämonen ist von Natur aus besser als das von Menschen.

»Wie war das?«, sagte ich schnell, ehe sich einer der anderen zum Lachen des Dämons äußern konnte.

»Ich …«, setzte Paul erneut an und verfiel sofort wieder ins Murmeln. Nur mit dem Unterschied, dass ich ihn dieses Mal verstand.

»Du bist mit einer Morgenlatte aufgewacht?«, wiederholte ich. Und obwohl wir uns in einer schummerigen Kirche befanden, die lediglich von unseren Taschenlampen erhellt wurde, entging mir nicht, dass Paul knallrot wurde. Ryan kicherte, und Fon Pyre stieß ein Glucksen aus.

»Was war das?«, fragte Lucie.

»Nichts, niemand«, antwortete ich. Sofort stellte sich Jane neben mich, um meinen dämonischen Reisebegleiter zu verdecken.

»Das ist nicht lustig«, fuhr Lucie fort. »Paul gibt sich alle Mühe, seine Sünde in Worte zu fassen und irgendwie damit zurechtzukommen. Und ihr beide ...«

»Sünde?«, unterbrach ich sie. »Ein morgendlicher Ständer ist was total Normales. Reine Biologie.«

»Das stimmt nicht!«, konterte Paul. »Es sind die Sünden in meinem Unterbewusstsein, die so an die Oberfläche gespült werden.«

»Ich bitte dich!«, entgegnete Jane.

»Genau so ist es«, wehrte sich Paul, dem bereits die Tränen über die Wangen liefen. »So hat es mir mein Vater erklärt, als er mich rausgeworfen hat. Er meinte, es stünde so in der Bibel.«

»Das ist totaler Quatsch!«, sagte ich.

»Nein, ist es nicht!«, jammerte Paul. »Was mein Dad sagt, stimmt.«

»O Gott!«, seufzte ich und schlug mir die Hände vors Gesicht.

»Du sollst den Namen des Herrn nicht missbrauchen«, ermahnte Lucie mich.

»Genau!«, meldete sich Ryan zu Wort. »Vor allem nicht in einer Kirche.«

Wieder lachte Fon Pyre auf. Glücklicherweise reagierte Jane geistesgegenwärtig und fragte mit lauter Stimme: »Was ist denn mit dir, Lucie? Warum bist du hier?«

»Meine kleine Schwester hat mich dabei beobachtet, wie

ich meinen Tampon gewechselt habe«, sagte Lucie, woraufhin Paul und Ryan Grimassen zogen. »Sie wusste nicht, was ich da machte, ist sofort zu meinen Eltern gerannt und hat ihnen erzählt, ich würde mir an meiner Ihr-wisst-schon-was herumspielen. Fünf Minuten später haben sie mich vor die Tür gesetzt.«

»Und was hast du Schlimmes getan?«, erkundigte sich Paul bei Jane, woraufhin sie ihm von dem Video der Angry Bitter Young Guys erzählte.

»Oh«, sagte Lucie.

»Aber du hast nicht …«, wollte Paul mit einer eindeutigen Geste wissen.

»Nein«, antwortete Jane und machte unmissverständlich klar, dass das Gespräch für sie damit beendet war.

»Ich bin anscheinend der einzige Selbstbeflecker hier«, meinte ich.

»Wir wissen, was du getan hast, vielen Dank«, fuhr Paul mich an.

»Mit dir hat der ganze Schlamassel angefangen«, fügte Lucie hinzu.

»Ja, genau!«, gab Ryan ihr Schützenhilfe.

»Wenn ihr euch bitte wieder beruhigen würdet«, sagte Jane streng und funkelte die drei an.

»Na ja …«, setzte Ryan an.

»Es ist und bleibt eine Sünde«, beharrte Paul.

»Aber wir sind doch Christen«, warf Jane ein. »Wir vergeben Sündern, so wie Gott es uns lehrt. Und wir verurteilen niemanden.«

Paul und Ryan blickten drein, als hätten sie dies zum ersten Mal gehört. Jane wurde mir immer sympathischer. Von ihrer Stärke und ihrer Intelligenz konnten die beide Jungs nur träumen.

»Stimmt«, meinte Lucie. »Habt ihr beiden eigentlich ein Versteck?«

»Ja«, antwortete ich. »Und ich schlage vor, dass ihr drei mit uns kommt. Hier seid ihr nicht sicher.«

»Klar sind wir das«, murrte Paul. »Dies ist eine Kirche.«

»Wo der Mob als Allererstes suchen wird«, hielt ich dagegen. »Und die Leute wollen Blut sehen, glaube es mir.«

In kurzen Worten berichteten Jane und ich von dem Angriff auf Father Reedys Haus. Wir hatten kaum zu Ende gesprochen, da packten die drei ihre Sachen zusammen.

»Geht es Father Reedy gut?«, erkundigte sich Lucie, während sie sich die Jacke zuknöpfte.

»Wir wissen es nicht«, erwiderte ich. »Ich kann nur hoffen, dass ihm nichts zugestoßen ist.«

»Wir sollten für ihn beten«, schlug Lucie vor.

»Später«, entgegnete ich. »Wir sollten vor allem zusehen, dass wir Land gewinnen.« Dabei glaubte ich gar nicht wirklich, dass der Mob jeden Moment durch die Tür kommen würde. Vielmehr wurde Fon Pyre mir langsam zu schwer.

»Willst du vorgehen?«, fragte Paul.

»Nein, ich bilde die Nachhut. Jane wird uns führen«, antwortete ich.

Auf dem Weg zum leerstehenden Eisenwarengeschäft entdeckten wir Chester. Er saß in einem Donutshop und kaute gemütlich vor sich hin. Ich traute meinen Augen nicht. Von sämtlichen Zufluchtsorten, die mir überhaupt einfielen, hätte ich hier bestimmt zuletzt gesucht.

Eigentlich war es dem Zufall zu verdanken, dass ich ihn gesehen hatte. Die anderen waren bereits vorbeigegangen, ohne ihn zu bemerken. Um mit Fon Pyre in Ruhe reden zu können, ohne dass die Neuen etwas davon bemerkten, hatte ich mich ein wenig zurückfallen lassen. Ich hatte ihm gerade erklärt, wie ich den anderen seine Anwesenheit beibringen wollte, als Fon Pyre gemeint hatte, ich solle ihm einen Kaffee besorgen. Und als mein Blick auf den Laden gefallen war, erblickte ich – Überraschung! – Chester.

»Geh in Deckung, aber bleib in der Nähe«, befahl ich dem Dämon, ehe ich den Donutshop betrat.

»Was machst du hier?«, fragte ich Chester und setzte mich ihm gegenüber. Das Café war bis auf uns beide leer. Oh, und bis auf Fred, den Inhaber, der hinter dem Tresen stand und mich grimmig anblickte. Ich entschied mich dazu, ihn einfach zu ignorieren.

»Ach, du bist es, Stuart«, sagte Chester. »Freut mich, dass es dir gutgeht. Ich dachte schon, der Dämon hätte dich plattgemacht.«

»Ich habe es überlebt«, gab ich zurück. »Und das habe ich ganz bestimmt nicht dir zu verdanken. Wo bist du hingegangen? Bist du die ganze Zeit über hier gewesen?«

»Ja«, erwiderte Chester. »Ich hatte Hunger.«

»Und da wählst du natürlich ein Café, um dich vor einem Dämon zu verstecken?«, sagte ich. »Chester, du bist ein Idiot.«

»Das ist nicht sehr christlich, was du da sagst«, entgegnete er.

»Das bedeutet noch lange nicht, dass es nicht stimmt«, hielt ich dagegen. »Die halbe Stadt ist hinter uns her, und du läufst einfach weg. Wir haben über eine Stunde nach dir gesucht! Wir hätten dabei draufgehen können!«

»Oh«, meinte Chester. »Tut mir leid.«

»Komm, wir gehen«, sagte ich. »Wir haben Lucie, Ryan und Paul aufgegabelt und sind auf dem Weg in unser Versteck. Wir sollten ihnen nach.«

»Ich fürchte, daraus wird nix«, ertönte Freds Stimme in meinem Rücken. Als ich mich umdrehte, sah ich, wie er mit einem Jagdgewehr in den Händen den Ausgang blockierte.

»Vielleicht hätte ich das früher erwähnen sollen«, sagte Chester kleinlaut. »Fred hat mich als Geisel genommen.«

17

»Die Hände schön vor den Körper, wo ich sie sehen kann«, forderte Fred uns auf. »Ich möchte nich', dass ihr was Verbotenes tut.«

»Was zum Beispiel?«, erkundigte ich mich.

»Ihr wisst schon, die Sünde, die ihr ständig tut«, antwortete er.

»Hä?«, fragte Chester.

»Das kann unmöglich Ihr Ernst sein«, sagte ich. »Sie glauben doch nicht wirklich, dass wir hier in Ihrem Laden an uns herumfummeln.«

»Das ist doch euer Ding, oder?«, erwiderte Fred.

»Ja, aber nicht hauptberuflich«, meinte Chester.

»Sehen Sie, Fred«, versuchte ich es mit Ruhe und Vernunft. »Wieso lassen Sie uns nicht einfach …«

»Woher kennst du meinen Namen?«, fragte Fred erstaunt.

»Weil ich seit Monaten herkomme«, erklärte ich ihm. »Jeden Sonntag kaufe ich bei Ihnen zwei Becher Kaffee zum Mitnehmen.«

»Ach, der bist du«, sagte er und machte mit abgespreizter Hand das internationale Zeichen für schwul.

»Genau der«, antwortete ich. »Kommen Sie schon, legen Sie das Gewehr weg und lassen Sie uns laufen.«

»Das geht nich'«, gab Fred zurück. »Ihr zwei müsst für eure Sünden bezahlen.«

»Bezahlen?«, fragte Chester ängstlich.

»Das Ganze gerät langsam außer Kontrolle«, überlegte ich laut.

»Daran bist du selbst schuld, Bürschlein!«

»Es reicht«, sagte ich. »Fon Pyre, komm her.«

Erwartungsvoll sah ich zur Tür. Nichts.

»Fon Pyre!«, rief ich lauter. »Ich befehle dir, auf der Stelle herzukommen.«

»Mit wem redest du da?«, wollte Fred wissen. »Haste einen Freund, der draußen wartet?«

»Ja«, sagte ich und dachte fieberhaft nach. Fon Pyre war nur deshalb nicht gekommen, weil er mich nicht hören konnte. Wenn ich Fred jedoch dazu bringen konnte, die Tür zu öffnen ... »Ich habe einen Freund da draußen, der gerade die Hosen runterlässt.«

»Was?«, rief Fred und blickte wie gebannt durch die Ladentür.

»Ich sehe niemanden«, fiel Chester mir in den Rücken.

»Er ist gerade zur Seite gesprungen«, erklärte ich schnell, nicht ohne Chester einen vernichtenden Blick zuzuwerfen. »Vor einer Sekunde ist er noch da gewesen, und ich schwöre, dass ich gesehen habe, wie er an sich herumgespielt hat. Überzeugen Sie sich doch selbst!«

»Aber da war gar keiner«, sagte Chester. »Ich hätte ihn doch sehen müssen.« Dann jaulte er auf. Weil ich ihn getreten hatte.

»Moment mal«, meinte Fred. »Ich glaube nicht, dass da draußen jemand ist.«

»Und ob da jemand ist«, hielt ich dagegen.

»Nein, da ist keiner«, beharrte Chester.

»Ich glaube«, sagte Fred, »dass ihr mich rausschicken wollt, damit ihr hier drinnen anfangen könnt, an euch rumzuspielen.«

»Was?«, rief ich.

»Den Gefallen tu ich euch aber nicht«, fuhr Fred fort. »Ich bin ja nich' blöd oder so. Hände hoch.«

»O Gott!«

»Stu!«, raunte Chester. »Du sollst den Namen des Herrn nicht missbrauchen.«

Am liebsten hätte ich vor lauter Verzweiflung den Kopf geschüttelt. Das ließ ich aber doch lieber bleiben, aus Angst, Fred könnte ihn mir von den Schultern pusten. Das Ganze war der pure Wahnsinn.

»Was haben Sie mit uns vor?«, wagte Chester sich vor.

»Ihr müsst bestraft werden«, antwortete Fred, ohne dabei ins Detail zu gehen.

»Ja, sprechen Sie ruhig weiter«, sagte ich. »Welche Art von Bestrafung hatten Sie sich denn vorgestellt?«

Plötzlich zog Fred ein langes Gesicht. Es wirkte auf mich, als hätte er gar nicht richtig darüber nachgedacht, was er eigentlich mit uns anstellen sollte.

Entweder das, oder sein neuer Meister hatte ihn nicht richtig instruiert.

»Na ja, solange wir hier nur tatenlos rumstehen«, schlug ich vor, »wie wäre es mit Kaffee und Donuts? Ich trinke meinen mit einem großen Schuss Milch und einem Stück Zucker. Und einen Vanille-Donut mit Schokoglasur, bitte.«

»Okay«, meinte Fred, trat hinter den Tresen, legte die Waffe beiseite und begab sich an die Arbeit.

»Chester, wie sieht es mit dir aus?«, fragte ich, während ich mich langsam in Richtung Tür bewegte.

»Ich hätte gerne Sahne statt Milch und drei Stücke Zucker.«

»Was ist mit einem Donut?«, hielt ich das Gespräch in Gang, während ich ihm wie ein Wilder zunickte. Die Tür befand sich bereits in Reichweite …

»Wo gehst du hin?«, fragte Chester laut.

»Was?«, rief Fred und fuhr herum. »Hey!«

»Fon Pyre!«, schrie ich, als ich die Tür aufriss. »Komm her!«

Im selben Moment sprang ich zur Seite. Eine halbe Sekunde später durchschlug eine Kugel die Glastür.

»Halt! Keine Bewegung!«, brüllte Fred und lud sein Gewehr erneut durch.

Ich machte einen Hechtsprung unter einen Tisch, den ich sofort umstieß, um ihn als Schutzschild zu benutzen. Just als ich mich fragte, ob er wohl kugelsicher sei, schoss eine Kugel direkt neben meinem Kopf durch die Tischplatte.

»Letzte Warnung!«, schrie Fred. »Komm da raus, oder … Was in Gottes Namen …?«

Ich drehte mich um und entdeckte Fon Pyre, der im Türrahmen stand. Es lag auf der Hand, dass Fred ihn ebenfalls gesehen hatte. Einen Augenblick später zerfetzte eine Patrone Fon Pyres linkes Ohr.

»Autsch«, sagte Fon Pyre und setzte zu einem Sprung auf Fred an.

»Du sollst ihn nur entwaffnen«, rief ich. »Tu ihm nicht weh!«

»Spielverderber«, raunte der Dämon, als er vor Fred auf dem Tresen landete. Fred zielte auf den Dämon, doch ehe er abdrücken konnte, hatte Fon Pyre ihm die Waffe aus den Händen genommen.

»Dä… Dä… Dä…«, stotterte Fred und wich zurück.

»Beruhigen Sie sich«, redete ich auf ihn ein. »Er wird Ihnen nicht weh tun.«

»Dä… Dä… Dämon!«, keuchte Fred, bevor er herumfuhr und durch den Hinterausgang flüchtete.

»Puh!«, stöhnte ich auf. »Du hast mir soeben den Tag versüßt, Fon Pyre.«

»Das habe ich nur getan, weil du es mir befohlen hast«, erklärte er. »Wenn es nach mir gegangen wäre, hätte er dir ruhig das Hirn wegpusten können. Anschließend hätte ich dir die Eingeweide herausgerupft und hätte darauf …«

»Ja, ja, schon verstanden«, sagte ich. »Chester? Wo bist du?«

»Hier drüben«, kam die leise Antwort aus einer Ecke. »Ist die Gefahr vorbei?«

»Alles wieder im grünen Bereich«, versicherte ich. »Du kannst rauskommen.«

Chester kam hinter seiner notdürftigen Festung aus zwei Stühlen und einem Tisch hervorgekrabbelt. Als er sich vorsichtig aufrichtete, fiel sein Blick auf den Dämon, der noch immer mit Freds Waffe in der Hand auf dem Tresen stand. Dann geschah etwas, mit dem ich eigentlich hätte rechnen müssen.

»Chester, alles ist in Ordnung!«, rief ich. Mit einem ohrenbetäubenden Schrei rannte Chester jedoch bereits in Richtung Tür. Dass er schon wieder fortlief, hätte mir gerade noch gefehlt. Eilig wies ich den Dämon an: »Fon Pyre, halte ihn auf!«

Mit einer Drehung aus dem Handgelenk schleuderte Fon Pyre die Waffe in den Raum, so dass sie geradewegs vor Chesters Füßen landete. Chester stolperte nach vorn und legte eine Bauchlandung auf einem der Tische hin. Der wiederum geriet dadurch ins Schwanken und ging schließlich mitsamt seiner Last zu Boden.

Es war erstaunlich, wie es Fon Pyre gelungen war, Chester

aufzuhalten, ohne ihn dabei zu verletzen. Ich war beeindruckt.

»Stopp, Chester«, sagte ich und lief zu ihm, um ihm auf die Beine zu helfen. Dabei positionierte ich mich absichtlich zwischen ihm und der Tür. »Alles in Ordnung. Ich habe ihn unter Kontrolle.«

»Den Eindruck hatte ich im Keller des alten Ladens aber nicht«, antwortete Chester. »Ich dachte, er würde dich in tausend Fetzen reißen.«

»Das habe ich auch versucht«, meinte Fon Pyre. »Hoffentlich bekomme ich eines Tages die Gelegenheit dazu, ihm mal so richtig ...«

»Fon Pyre, halt die Klappe«, fiel ich ihm ins Wort. »Ich werde es dir beweisen, Chester. Fon Pyre, stell dich auf ein Bein.«

Der Dämon gehorchte und verlagerte das Gewicht auf ein Bein.

»Fon Pyre, hüpf dreimal«, sagte ich streng, woraufhin der Dämon hüpfte. Dreimal. »Siehst du? Ich habe volle Kontrolle über ihn.«

»Er scheint nicht gerade glücklich darüber zu sein«, bemerkte Chester. Und damit hatte er vollkommen recht: Die Augen des Dämons funkelten mordlüstern. Ich genoss es.

»Mach dir darüber keine Gedanken«, entgegnete ich. »Lass uns von hier abhauen, bevor Fred zurückkommt.«

Im Eiltempo liefen wir zurück zu unserem Versteck und behielten dabei aufmerksam die Umgebung im Auge – für den Fall, dass uns jemand entgegenkam, der ebenfalls der Meinung war, wir müssten dringend bestraft werden. Neben uns her trabte Fon Pyre, dem wir zwei schwere Tüten voller Vorräte aus Freds Laden aufs Auge gedrückt hatten.

Ja, wir hatten gestohlen. Da wir ohnehin tief im Schlamassel steckten, fanden wir, dass ein kleiner Ladendiebstahl die Sache kaum schlimmer machen konnte. Davon abgesehen brauchten wir unbedingt etwas zu essen, und ich hatte meine Zweifel, dass es irgendwo in dieser Stadt überhaupt noch irgendjemanden gab, der uns irgendetwas verkaufen würde. Dafür wiederum hätte man sowieso voraussetzen müssen, dass wir Geld zum Einkaufen hatten. Hatten wir aber nicht.

Gerade als ich mit dem Gedanken spielte, noch einmal zurückzugehen, um Freds Kasse zu plündern, überraschte Chester mich: Er sagte etwas halbwegs Intelligentes.

»Fandest du es nicht auch seltsam«, meinte er, »dass Fred einfach so losgegangen ist und uns Kaffee gemacht hat?«

»Du hast recht«, erwiderte ich und sah auf Fon Pyre herab. »Hast du vielleicht eine Erklärung für sein Verhalten?«, fragte ich ihn, nachdem ich dem Dämon geschildert hatte, was er nicht mitbekommen hatte.

»Habe ich«, antwortete er knapp.

»Dann rück schon raus«, sagte ich ungeduldig. »Hiermit befehle ich dir, uns zu sagen, was du weißt.«

»Wie ich ja bereits erwähnt habe, können gefallene Engel den Geist der Menschen beeinflussen«, holte Fon Pyre aus. »Wenn der Engel jedoch schläft, ist seine Aufmerksamkeit weniger zielgerichtet. Deshalb wusste dieser Fred auch nicht, was er mit euch machen sollte, als du ihn nach der Bestrafung gefragt hast. Der Engel hatte es ihm nicht gesagt und hat zu dem Zeitpunkt geschlafen, so dass er Freds Gedanken nicht manipulieren konnte. Man könnte sagen, Freds Kopf arbeitet als eine Art Empfänger, doch das ausgesendete Signal war einfach zu schwach. In gewisser Weise war Fred auf sich selbst gestellt und damit offen für jede Eingebung.«

»Also war Freds Geist praktisch darauf ausgerichtet, Anordnungen zu erhalten, die er vom Engel jedoch nicht bekommen hat«, fasste ich zusammen, »und dadurch, dass ich den Kaffee bestellt habe, ist diese Lücke bei Fred geschlossen worden.«

»Exakt.«

»Engel schlafen also«, sagte Chester.

»Zumindest die gefallenen Exemplare«, antwortete Fon Pyre.

»Sind sie im Schlaf eigentlich leichter verwundbar?«, erkundigte ich mich.

»Was für eine dämliche Frage ist das denn?«, erwiderte Fon Pyre. »Natürlich!«

»Kannst du gefallene Engel eigentlich aufspüren?«, hörte ich mich plötzlich fragen.

»Ja, kann ich.«

»Chester«, sagte ich und drehte mich zu ihm um. »Nimm den Proviant und richte den anderen aus, dass ich bald zurück bin.«

»Was hast du vor?«, wollte Chester wissen und blieb unmittelbar vor der Feuerleiter stehen.

Als wäre es das Normalste auf der Welt, gab ich zurück: »Ich ziehe los, um diesen Engel um die Ecke zu bringen.«

18

Fon Pyre und ich eilten los, um dem Engel den Garaus zu machen. Ich war allerdings keine fünf Schritte gelaufen, da versuchte Chester bereits, mir die Sache auszureden.

»Stu, wart mal kurz«, sagte er, als er mich eingeholt hatte. »Bist du dir auch ganz sicher? Ich meine nur, weil … Erinnere dich, als Father Reedy … Komm schon, Mann, denk noch mal nach. Was du vorhast, ist … na, du weißt schon.«

»Deine Redegewandtheit ist geradezu verblüffend«, erwiderte ich, ohne stehen zu bleiben. »Du solltest unbedingt dem Debattierklub beitreten.«

»Komm schon, du weißt genau, was ich meine«, ließ Chester nicht locker. »Es ist böse. Und etwas Böses zu tun, selbst um einen Bösewicht aufzuhalten, ist trotzdem immer noch …«

»Böse?«, beendete ich seinen Satz.

»Genau!«, stimmte Chester zu. »Das würde Father Reedy sicher auch sagen. Das, und dass du auf Gott vertrauen solltest.«

»Mag sein, aber Father Reedy ist nicht hier«, hielt ich dagegen. »Und warum ist er nicht hier? Weil er versucht hat, die Dinge auf seine Weise zu regeln, und dafür gesteinigt wurde.«

»Das bedeutet noch lange nicht, dass er im Unrecht war«, wehrte Chester sich.

»Richtig«, sagte ich. »Es bedeutet lediglich, dass diejenigen, die im Unrecht waren, mehr Steine zur Verfügung hatten.«

»Darauf wollte ich eigentlich nicht …«

»Halt die Klappe, Chester«, unterbrach ich ihn genervt. »Das ist eine Sache, die einfach getan werden muss. Und ich bin nun mal der Einzige, der den Mut dazu hat. Also bleibt mir nichts anderes übrig. Ende der Geschichte.«

Ich drehte mich um und rannte los. Fon Pyre folgte mir, Chester nicht.

Erst drei Straßen später ging mir auf, dass ich gar nicht wusste, wohin wir liefen. Tja, das ist das Problem beim dramatischen Abgang: Man stürmt überraschend los, obwohl man keine Ahnung hat, wohin man eigentlich will.

»Okay, Fon Pyre«, keuchte ich, als ich an der nächsten Kreuzung stehen blieb. »Wo ist der Engel?«

»Da lang«, antwortete er glucksend und deutete in die Richtung, aus der wir gekommen waren.

»Das hättest du mir ruhig früher sagen können«, brummte ich.

»Das hätte ich, stimmt«, erwiderte er. »Aber du hast mich ja nicht gefragt.«

»Du kannst mich wirklich nicht besonders gut leiden, oder?«

»Ja«, kam es wie aus der Pistole geschossen. »Ich warte nur darauf, dass du etwas Falsches sagst, und dann … wusch!« Er untermalte seine Worte, indem er sich die Hand vor das Gesicht hielt und wie ein Verrückter mit den Krallen herumfuchtelte. Vermutlich, um anzudeuten, dass er mir einen Mixstab ins Gesicht halten würde. Oder etwas ähnlich Grausames.

»Das ist nicht sonderlich nett«, merkte ich an. »Fon Pyre, gib dir eine Ohrfeige. Fest.«

Der Dämon hob die Hand – dieselbe, mit der er seinem »wusch« Nachdruck verliehen hatte – und schlug sich auf die Wange. Fest.

»Komm schon!«, sagte ich. »Das kannst du besser. Schlag dich noch fester.«

Fon Pyres Blick versprühte puren Hass. Doch dann schlug er so kraftvoll zu, dass es ihn von den Füßen riss.

»Nicht schlecht«, entgegnete ich. »Aber irgendwie habe ich das Gefühl, dass du noch nicht alles gegeben hast. Los, Fon Pyre, verletz dich selbst!«

Dieses Mal schlug der Dämon so heftig zu, dass er gegen eine Hauswand flog und ein Loch in den Putz riss.

»Genau so habe ich es gemeint«, sagte ich zufrieden. »Und jetzt führst du mich auf direktem Weg zu unserem Engel.«

»Dein Wunsch ist mir Befehl, Meister«, gab Fon Pyre mit gespielter Demut zurück und klopfte sich den Schmutz vom Fell.

Die nächsten Minuten liefen wir schweigend nebeneinanderher. Währenddessen rieb Fon Pyre sich die scheinbar schmerzende Wange, aber das war mir einerlei. Ich hatte kein schlechtes Gewissen wegen der Ohrfeige. Warum auch? Das war nichts im Vergleich zu dem, was er mir angetan hätte. Das hatte er mir ja mehr als einmal klargemacht.

»Wie willst du Brightly eigentlich abmurksen?«, durchbrach Fon Pyre die Stille. »Vergiss nicht, er kann deinen Verstand lenken und deine Gedanken lesen. Du kannst dich ihm alleine nicht einmal nähern, ohne dass er es merkt.«

Ich denke, ich kann von mir behaupten, dass ich nicht auf den Kopf gefallen bin und mir auch Zwischentöne nicht entgehen. Das war in diesem Moment mein Glück – denn freiwillig wäre Fon Pyre nie mit Informationen herausgerückt. Das passierte ihm sonst nur, wenn er sich in Rage redete und sich darüber ausließ, wie dumm die Menschen waren.

»Mit anderen Worten, ich kann mich nicht anschleichen … alleine?«, fragte ich.

Fon Pyres Gesichtsausdruck und seine geballten Fäuste sprachen Bände. Das Wörtchen »alleine« hatte ihn verraten. Er hatte anscheinend gehofft, dass ich es überhört hätte.

»Bei entsprechender Hilfe, sagen wir von einem Dämon«, fuhr ich genüsslich fort, »könnte ich mich jedoch gefahrlos anschleichen, solange er schläft. Stimmt's, oder habe ich recht?«

»Teils, teils«, erwiderte er, woraufhin ich ihm befahl, seine Andeutung auszuführen. »Engel können Dämonen spüren und umgekehrt. Wenn du jedoch nahe genug neben mir bleibst, überdeckt meine Präsenz die deine.«

»Interessant«, bemerkte ich. »Kann deine Anwesenheit für mich sonst noch irgendwie von Vorteil sein?« Ich fragte aus dem undeutlichen Gefühl heraus, dass womöglich noch mehr dahinterstecken könnte. Wie sich jedoch herausstellte, war es eine brillante Frage.

»Ja«, antwortete er. Wieder musste ich ausdrücklich von ihm verlangen, ins Detail zu gehen. »Bis auf zwei Meter Abstand kann ich seine Macht abwehren. So ist das bei uns Dämonen. Wir erzeugen um uns ein Energiefeld, das die mentalen Kräfte von Engeln abblockt. Deswegen sind wir ihnen auch ein Dorn im Auge und stellen eine große Bedrohung dar.«

»Perfekt!«, jubelte ich. »Dann gehen wir zusammen rein. Du lenkst ihn ab, und ich stürze mich auf ihn.« Ich sah mich kurz um und entdeckte eine Bierflasche auf dem Bürgersteig. »Perfekt«, sagte ich, als ich die Flasche aufhob. »Damit ziehe ich ihm eins über. Oder noch besser, ich werde ihn erstechen. Fang mal«, meinte ich und warf sie Fon Pyre zu. »Zerbrich sie so, dass ich ihn damit abstechen kann.«

»Zu Befehl, Meister«, sagte er und bearbeitete die Flasche mit seinen spitzen Krallen. Binnen weniger Sekunden hatte er das Glas in die Form einer todbringenden Klinge gebracht.

»Cool«, raunte ich. »Jetzt gib sie mir zurück. Vorsichtig«, schob ich hastig nach. »Mit dem Griff voran.«

Als Fon Pyre mir die Waffe überreichte, bemerkte ich einen seltsamen Ausdruck auf seinem Gesicht, den ich noch nie zuvor bei ihm gesehen hatte. Er wirkte beunruhigt, beinahe ...

»Hast du etwa Angst?«, fragte ich ungläubig. Bis jetzt war mir nie in den Sinn gekommen, dass Dämonen zu solchen Gefühlen fähig sein könnten. Aber vor mir stand der eindeutige Beweis.

»Ja«, antwortete Fon Pyre, ohne mich anzuschauen.

»Weshalb?«, fragte ich und stellte mich vor ihn. »Du bist schließlich ein Dämon! Du bist ... na ja, mit Superkräften ausgestattet. Der Einzige, der dir etwas anhaben kann, bist du selbst.«

»Das stimmt nicht«, erwiderte Fon Pyre. »Ich bin eine lebendige Kreatur, und mein Körper kann sehr wohl Schmerz empfinden. Aber Engel sind zu weitaus Schlimmerem fähig.«

»Verstehe«, murmelte ich. »Hätte ich mir gleich denken können. Aber wir haben es hier mit einem gefallenen Engel zu tun und nicht mit einem richtigen, Fon Pyre.«

»Das spielt keine Rolle«, gab er zurück. »Selbst wenn er gefallen ist, hat ein Engel immer noch genügend Kraft, um die Seele eines Dämons zu zerstören.«

»Dämonen haben Seelen?«

»Natürlich! Was denkst du denn?« Fon Pyre fletschte die Zähne. »Und ich möchte meine gerne noch ein wenig behalten. Bitte zwing mich nicht, mitzukommen.«

»Mir bleibt nichts anderes übrig«, entgegnete ich. »Das ist die einzige Möglichkeit, den Engel zu töten. Anderenfalls wäre ich gezwungen, den Rest meines Lebens im Keller des Eisenwarenladens zu verbringen.«

»Bitte«, sagte Fon Pyre flehend.

Ich traute meinen Ohren nicht. Noch nie zuvor hatte ich dieses Wort aus seinem Mund gehört. Ein prüfender Blick in seine Augen verriet mir, dass er die Wahrheit und nichts als die Wahrheit sprach. Einen Augenblick lang war ich tatsächlich gerührt.

Aber eben nur einen Augenblick lang. Dann rief ich mir in Erinnerung, wie Fon Pyre in Wirklichkeit war. Wären unsere Rollen vertauscht, hätte Fon Pyre nicht mit der Wimper gezuckt und mich geopfert – mitsamt meiner Seele.

Und dann war da noch die Sache mit dem Hass: Der würde seinen Höchststand erreichen, wenn am Freitag die Jugendgruppe aus Wernsbridge nach Ice Lake kam. Und wenn der Hass der Gastgeber sich mit dem der Gäste verband, würde den Dämonen dadurch das Tor zu unserer Welt geöffnet. Und dann gäbe es … Wie hatte Fon Pyre es doch gleich ausgedrückt?

Ach ja.

Eine echte Party.

»Tut mir leid«, erklärte ich schließlich. »Du wirst nicht darum herumkommen.«

»Du opferst also kaltlächelnd meine Seele, damit du ein schönes Leben hast?«, meinte Fon Pyre. »Und schreckst nicht einmal vor einem Mord zurück? Was für ein Christ bist du eigentlich?«

»Ich habe nie behauptet, einer zu sein«, entgegnete ich.

»Nein, du hast dich schon immer für etwas Besseres gehalten«, sagte Fon Pyre. »Hast mich nur gerufen, um allen zu beweisen, dass sie sich irren; damit du mit stolzgeschwellter Brust an ihnen vorbeischreiten kannst.«

»Das stimmt doch gar nicht!«, stieß ich wütend hervor. »Das mache ich nur, damit die Wahrheit ans Licht kommt.«

»Und zufällig ist die Wahrheit immer das Gegenteil davon, was sie dich gelehrt haben«, schoss Fon Pyre zurück.

»Na ja, wenn uns etwas Falsches beigebracht wird, dann …«

»Hört, hört. Und du bist der Auserwählte, der den Leuten erzählt, wie es wirklich ist?«

»Ich … Nun ja, noch habe ich nichts in der Richtung unternommen.«

»Siehst du?«

»Aber ich wollte es!«, verteidigte ich mich. »Ich habe einen Film gedreht, schon vergessen? Und den hätte ich der Welt präsentiert, sobald ich ihn fertiggemacht hätte.«

»Wieso machst du ihn dann nicht fertig?«

»Ich … habe meine Gründe«, gab ich ausweichend zurück, weil ich keine Lust hatte, Fon Pyre zu berichten, was mit dem Film geschehen war. Er würde mich ohnehin nur auslachen, und das war mehr, als ich im Moment ertragen konnte.

»Lass die Leute den ganzen Quatsch aus diesem alten Märchenbuch doch glauben«, sagte er. »Immerhin macht es sie glücklich. Außerdem vermittelt der alte Schinken ihnen moralische Werte. Du hingegen …«

»Moralische Werte?«, entfuhr es mir. »Die wollen mich lynchen, weil ich Spaß mit mir selbst gehabt habe.«

»Und du trachtest einem Engel nach dem Leben«, nahm Fon Pyre mir den Wind aus den Segeln, »damit du auch weiterhin deinen Spaß unter der Dusche haben kannst.«

»Halt die Klappe«, fauchte ich. »Ich fasse es nicht. Jetzt diskutiere ich schon mit einem Dämon über Moral. Sag mir einfach, wo sich der Engel aufhält, damit wir loslegen können.«

»Na gut«, brummte Fon Pyre. »Er wohnt in dem Haus dort drüben auf der anderen Straßenseite.«

Fon Pyre deutete auf das höchste Gebäude von Ice Lake – was im Vergleich zu anderen Städten allerdings nicht viel hieß. Mit seinen fünf Stockwerken war es im Grunde nicht sehr hoch. Aber für Menschen, die einen guten Ausblick schätzten, war es das Beste, was die Stadt zu bieten hatte.

»Engel suchen sich immer den höchsten Platz, den sie finden können«, erklärte Fon Pyre mir, als wir durch die Eingangstür das Foyer betraten. »Möchtest du gern selbst klingeln, oder soll ich das übernehmen?«

Ich rüttelte an der Zwischentür. Abgeschlossen. Aber davon würden wir uns nicht aufhalten lassen.

»Fon Pyre«, sagte ich. »Brich die Tür auf.«

Wenige Sekunden später liefen wir durch die zerbrochene Tür, vorbei an einem Paar, das uns verängstigt anstarrte. Unser Ziel war die Treppe. Ich nahm jeweils zwei Stufen auf einmal und bereitete mich mental auf das vor, was ich gleich tun würde.

Ob ich Zweifel an meinem Vorhaben hatte? Und wie. Schließlich stand ich kurz davor, meinen ersten Mord zu begehen. Ich klammerte mich an den Gedanken, dass es zu einem guten Zweck geschah, dass einer die Drecksarbeit erledigen musste. Fon Pyre, der schlotternd neben mir lief, schenkte ich keine Beachtung. In diesem Moment zählte allein, dass die Sache schnell und erfolgreich über die Bühne gebracht wurde.

»Hier«, sagte Fon Pyre schließlich mit zittriger Stimme

und blieb vor Apartment 503 stehen. »Bitte, Stuart, zwing mich nicht …«

»Jetzt mach schon«, unterbrach ich ihn ungeduldig.

Nachdem Fon Pyre die Tür eingetreten hatte, betraten wir gemeinsam die kleine und spartanisch eingerichtete Wohnung. Brightly lag auf einer schmalen Pritsche am Fenster, die Hände gefaltet auf der Brust. Er hatte das Gesicht in unsere Richtung gewandt. Wie es schien, hatten wir ihn geweckt. Perfekt.

Ich machte einen Satz auf ihn zu, die präparierte Flasche auf ihn gerichtet, mein Opfer fest im Visier. Und genau das war der Grund dafür, warum ich denjenigen nicht bemerkte, der sich von hinten auf mich stürzte.

Das Letzte, was ich sah, bevor ich das Bewusstsein verlor, war das selbstzufriedene Lächeln auf Mr. Brightlys Gesicht.

19

Als ich wieder zu mir kam, fühlte ich mich hundeelend. Mein Kopf schmerzte, meine Hand- und Fußgelenke fühlten sich steif und taub an.

Die Ursache für den Brummschädel lag natürlich auf der Hand: Schließlich hatte mir jemand von hinten mit einem harten Gegenstand eins übergezogen.

Als ich meine Arme und Beine in eine bequemere Lage bringen wollte, musste ich außerdem feststellen, dass das nicht funktionierte: Mit einer Art Draht waren sie sicher und fest verschnürt.

Ach ja, und dann war da noch die Tomate in meinem Mund. Ich hasse rohe Tomaten wie die Pest, und dieser eklige Geschmack war einfach überall. Als ich versuchte, sie auszuspucken, erlebte ich eine weitere Enttäuschung: Über dem Mund hatte man mir irgendetwas um den Kopf gebunden.

Ich war gefesselt und geknebelt.

Zu allem Unglück war es stockduster um mich herum. Ich saß mit dem Rücken gegen eine Wand gelehnt, und meine Füße berührten eine andere Wand. Überhaupt empfand ich eine drückende Enge, die mich vollkommen zu umgeben schien.

Ein Wandschrank, dachte ich. Kein gutes Zeichen. Immerhin lebte ich noch. Der Umstand, dass Brightly mich nicht sofort getötet hatte, ließ hoffen. Die Frage war nur, was er mit mir vorhatte.

Ich spielte mit dem Gedanken, ein wenig Lärm zu machen, fragte mich aber dann, ob es tatsächlich eine gute Idee war. Wenn Brightly und sein Komplize mir wirklich etwas antun wollten und mitbekamen, dass ich wieder bei Bewusstsein war, würden sie womöglich keine Zeit mehr verlieren. Stattdessen zog und zerrte ich an meinen Fesseln, die allerdings keinen Deut nachgaben. Auch mein Versuch, den Türgriff zu finden, schlug fehl: Ich konnte mich kaum bewegen.

Als mir das Ganze schließlich zu öde wurde, entschied ich mich doch für die Variante, Krach zu schlagen. Ich hielt die unglaubliche innere Anspannung – und die Langeweile – einfach nicht mehr aus.

»Mmph!«, brummte ich und trat gegen die Wand. »Mmph mrrg ullg!«

Ich lauschte auf Schritte oder Stimmen oder irgendetwas, was darauf hindeutete, dass mich jemand gehört hatte. Nichts. Ich schlug ein weiteres Mal Lärm. Wieder nichts.

Mit einem Seufzer ließ ich den Kopf hängen. Ehe ich wusste, wie mir geschah, wurde ich von den Erinnerungen an all das, was mir in den letzten Tagen widerfahren war, überrollt. Ohne dass ich etwas dagegen unternehmen konnte, liefen mir die Tränen über die Wangen, und mein ganzer Körper bebte unter den Schluchzern.

»Du benimmst dich wie ein kleines Baby!«

Trotz der dichten Dunkelheit hob ich den Blick. Ich erkannte die Stimme auf Anhieb. Fon Pyre.

»Genauso habe ich mich auch gefühlt, als ich dachte, ich würde meine Seele an den gefallenen Engel verlieren. Ich bin heilfroh, dass er sich voll und ganz auf dich konzentriert hat. Ich will gar nicht darüber nachdenken, was passiert wäre, wenn er mich bemerkt hätte.«

Deutlicher, als mir lieb war, bekam ich Fon Pyres Krallen zu spüren, als er sich auf meine Knie stellte. Wenige Sekunden später glühte ein kleiner Feuerball vor mir auf. Das Licht war so gleißend, dass ich sogleich die Augen zusammenkniff. Als ich sie wieder öffnete, sah ich, dass er das Licht mit Hilfe seiner Finger erzeugte.

»Mmph!«, sagte ich.

»Wie bitte? Ich habe dich nicht verstanden«, gab Fon Pyre zurück.

Siedend heiß ging mir auf, dass ich in meinem Zustand – mit einer Tomate im Mund – nicht in der Lage war, ihm Befehle zu erteilen.

»Möchtest du vielleicht, dass ich etwas für dich erledige?«, fragte er höhnisch. »Du musst es nur sagen, Stu.«

So kräftig wie möglich drückte ich mit der Zunge gegen die Tomate, aber es war hoffnungslos – gegen den Knebel hatte ich keine Chance. Für den Bruchteil einer Sekunde spielte ich mit dem Gedanken, die Tomate zu essen. Die Vorstellung jagte mir jedoch einen eisigen Schauer über den Rücken. Mir war von dem Geschmack, der meinen Mund erfüllte, ohnehin schon kotzübel – und wenn ich sie runterschluckte, würde ich garantiert ersticken. Ich hasste diese roten Dinger einfach!

»Nein?«, sprach Fon Pyre weiter und hielt sich die Hand ans Ohr. »Nichts? Ha!«

Ich gab auf. Es kam sowieso nichts dabei heraus, wenn ich versuchte zu sprechen. Reinste Zeitverschwendung. Stattdessen funkelte ich den Dämon an, was ich mir aber auch hätte schenken können.

»Ich wette, du fragst dich, ob ich wusste, dass er nicht alleine war«, fuhr er fort. »Bingo, der Kandidat hat hundert Punkte! Dämonen können die Anwesenheit von Menschen genauso spüren wie die von Engeln. Ich habe es dir nur nicht gesagt. Aber du hast mich auch nicht gefragt, oder?«

Am liebsten hätte ich diesen miesen kleinen Verräter windelweich geprügelt. Doch das ging ja leider nicht. Es blieb mir also nichts anderes übrig, als noch giftiger dreinzublicken.

»Jetzt sitzte ganz schön in der Patsche, was?«, zog Fon Pyre mich auf. »Schon eine Idee, wie du aus dieser Nummer wieder rauskommst? Ach ja. Interessiert es dich eigentlich, was Mr. Brightly mit dir vorhat?«

Ich nickte. Selbst wenn es nichts gab, das ich dagegen unternehmen konnte, so wollte ich wenigstens wissen, was mir bevorstand.

»Pech gehabt, Kleiner«, sagte Fon Pyre triumphierend, »ich werde es dir nämlich nicht verraten.«

In meiner Kehle formte sich ein Schrei, der jedoch von der Tomate abgebremst wurde. Fon Pyre lachte mich aus. Daraufhin versuchte ich, ihn von den Knien zu schütteln, aber er hatte sich so festgekrallt, dass ich keine Chance hatte. Er bewegte sich keinen Millimeter. Als ich nun mit dem Oberkörper nach vorne schoss, konnte ich ihm dadurch zumindest eine kräftige Kopfnuss verpassen.

»Aua!«, rief Fon Pyre, als er rücklings von meinen Knien fiel. Ich hätte gerne dasselbe gesagt. Sein Kopf war nämlich um einiges härter, als ich gedacht hatte. Mein Triumph war außerdem von kurzer Dauer: Der Zusammenprall hatte zugleich bewirkt, dass ich die Zähne fest aufeinandergebissen hatte, weshalb ich jetzt Tomatensaft im Mund hatte. Igitt. Ich schloss die Augen und kämpfte mit aller Macht gegen den starken Brechreiz an. So kam es, dass ich erst dann merkte, dass sich meine Ausgangssituation verschlimmert hatte, als Fon Pyre erneut das Wort ergriff.

»Hey!«, meinte der Dämon. »Ist dir klar, was du gerade getan hast?«

Ich öffnete die Augen und entdeckte Flammen. Fon Pyre stand unter einer aufgehängten Hose, die Feuer gefangen hatte.

»Mmph!«, brummte ich. Sofort war mir klar, wie es dazu gekommen war: Durch die Kopfnuss war der Dämon nach hinten gefallen, wobei der Feuerball in seiner Hand mit einer der Hosen über mir in Berührung gekommen war.

»Ein bisschen warm hier drin, findest du nicht?«, fragte er. »Oder bilde ich mir das nur ein?«

Immerhin konnte ich jetzt das gesamte Innere des Kleiderschranks und seinen Inhalt ausmachen. Abgesehen von der Hose hingen noch ein Jackett und eine Reihe Hemden von der Kleiderstange herab. Da das Feuer mittlerweile auf das benachbarte Hemd übergesprungen war, begann der Schrank sich allmählich mit Rauch zu füllen.

Wenngleich es vollkommen sinnlos war, zappelte ich herum, was das Zeug hielt. Fon Pyre lag indes bäuchlings auf meinen Unterschenkeln und stützte das Kinn auf meinem Knie ab. Und er zeigte mir sein breitestes Grinsen.

»Irgendwelche letzten Worte?«, fragte er mit zuckersüßer Stimme.

Es gibt nur wenige Dinge, die ich mehr verabscheue als Tomaten. Bei lebendigem Leibe zu verbrennen gehört dazu. Also biss ich fest zu und kaute mit mir selbst um die Wette, während ich kontrolliert atmete, damit ich mich nicht erbrechen musste. Als sich meine Lungen mit Rauch füllten, musste ich zwangsläufig husten. Trotz Knebel lief mir der Tomatensaft das Kinn herunter.

Als Fon Pyre aufging, was ich vorhatte, kam Bewegung in ihn. Blitzschnell verschwand er im oberen Teil des Wandschranks und quetschte sich durch ein kleines Loch in der Decke. Ich ließ meinen Kiefer schneller arbeiten und schob die Tomatenstücke mit der Zunge nach vorne. Nachdem sich mein Mund ein wenig geleert hatte, unternahm ich einen weiteren Sprechversuch, der allerdings in einem kräftigen Husten endete.

Ich würde sterben, dessen war ich mir sicher. Und das ausgerechnet mit dem Geschmack von Tomaten im Mund. Das war einfach nicht fair. Als wäre das nicht genug, fiel mir auch noch das entflammte Jackett auf den Kopf. Ich wartete darauf, dass der brennende Schmerz einsetzte.

Doch plötzlich flog die Schranktür auf, riesige Hände packten mich und zerrten mich nach draußen. Um einiges unsanfter, als ich es mir gewünscht hätte, landete ich auf dem Boden. Als ich den Blick hob, sah ich, wie Mr. Brightly den Flammen mit einem Feuerlöscher zu Leibe rückte.

Eigentlich hätte ich mich erleichtert fühlen müssen, dass mein Leben doch noch nicht vorbei war. Stattdessen schüttelte mich ein weiterer heftiger Hustenanfall. Das wiederum führte dazu, dass der restliche Tomatenbrei in meinem Mund meinen Würgereiz auf den Plan rief. Ich musste kotzen, was mit dem Knebel gar nicht so leicht war.

Dann spürte ich, wie warme Hände meine Schultern umfassten. Augenblicklich entspannte sich mein Körper. Der Würgereflex ließ nach, und mein Atem normalisierte sich wieder. Ich warf einen Blick auf die Hände auf meinen Schultern und bemerkte, dass sie leicht glühten.

Er hatte mich geheilt.

»Ein ziemliches Durcheinander, das du da angerichtet hast«, meinte Mr. Brightly, als er den Knebel entfernte. »Es scheint zu deinen Stärken zu gehören, dir Ärger einzuhandeln. Das geht auf das Konto deines dämonischen Freundes, habe ich recht?«

Er liest schon wieder meine Gedanken, dachte ich. Hatte er das vielleicht schon getan, während ich ohnmächtig gewesen war? Woher sonst hätte er wissen können, wie ich auf Tomaten reagierte?

»Die Gedanken von Ohnmächtigen kann ich nicht lesen«, klärte der Engel mich auf. »Diese Information hat mir jemand anderes gegeben. Und zwar aus freien Stücken.«

Immerhin etwas, dachte ich, ehe ich all meine Kräfte zusammennahm und laut brüllte: »Hilfe! Ich wurde entführt! Ich brauche Hilfe!«

»Spar dir den Atem«, wies der gefallene Engel mich zurecht. »Sämtliche Bewohner dieses Gebäudes sind auf meiner Seite. Niemand wird dir zu Hilfe kommen.«

Na gut, dachte ich. Zum Glück hatte ich ein letztes Ass im Ärmel.

»Und gib dir keine Mühe, deinen dämonischen Freund zu rufen«, sagte Brightly, der ein weiteres Mal meine Gedanken angezapft hatte. »Er ist auf dem Dach und kann dich unmöglich hören. Ich frage mich nur, warum er nicht einfach das Weite sucht? Ach ja. Er darf sich ja nicht mehr als fünf Meter von dir entfernen, weil du es ihm so befohlen hast. Vielleicht hättest du besser eine kürzere Distanz gewählt, findest du nicht auch?«

»Wären Sie so freundlich, endlich aus meinem Kopf zu verschwinden?«, entgegnete ich. »Was wollen Sie eigentlich von mir? Die Leute hier sind Ihnen so treu ergeben. Sogar ich würde da erwarten, dass Ihr göttliches Überfallkommando mich zu diesem Zeitpunkt längst hätte töten müssen.«

»Töten?«, antwortete Brightly. »Nein, nein, nein, mein lieber Junge. Mein Wunsch ist es nicht, dich zu töten. Meine Anhänger nehmen die Dinge manchmal selbst in die Hand, ehe ich sie davon abhalten kann. Das Haus des Pfarrers, zum Beispiel. Da hatte ich …«

»Was ist mit Father Reedy?«, unterbrach ich ihn.

»Es geht ihm gut«, erwiderte Brightly. »Du wirst ihn bald wiedersehen. Ich habe seinen Kopf geheilt, genau wie deine Lungen. Es ist von größter Wichtigkeit, dass ihr beide in guter körperlicher Verfassung seid, wenn ich euch bekehre.«

»Uns … bekehren?«, stammelte ich, und bei dem Klang dieser Worte packte mich plötzlich Unbehagen.

»Ihr seid beide Sünder«, erklärte Brightly, »aber ihr weigert euch, das einzusehen. Jetzt gilt es, euch aufzuzeigen, wo ihr vom rechten Wege abgekommen seid. Ihr müsst euch zu euren Sünden bekennen, damit ihr erlöst werden könnt.«

»Wieso unterziehen Sie uns nicht einfach einer Gehirnwäsche?«, wollte ich wissen. »So wie beim ersten Mal, als wir uns begegnet sind. Sie hatten mich so weit, dass ich mich klein und dreckig fühlte.« Insgeheim fragte ich mich, wieso er diese Macht jetzt nicht nutzte, um mich zu manipulieren.

»Weil der Effekt nachlässt, wenn ich nicht in deiner Nähe bin, um dich zu leiten«, erläuterte er mir. »Hinzu kommt, dass es keine echte Bedeutung hätte, wenn ich meine Kräfte auf diese Art einsetzen würde – Stichwort freier Wille und so weiter. Ich möchte, dass du meine Denkweise aus freien Stücken akzeptierst und dir zu eigen machst. Nur dann kannst du wahrhaftige Erlösung erleben.«

Leider fehlte mir der Mut, die nächste Frage zu stellen, die sich im hintersten Winkel meines Verstandes regte. Aber selbstverständlich musste ich mir darüber keine Sorgen machen: Mr. Brightly wühlte bereits wieder in meinen Gedanken herum und gab mir prompt die Antwort.

»Du wirst schon bald an dem Punkt sein, an dem du dich meiner Sichtweise anschließt«, sagte er. »Weil es nämlich die einzige Lösung sein wird, um den sengenden Schmerz auszuschalten, den du gleich erleben wirst. Ah, da kommt ja auch meine treue Hilfskraft.«

»Ihre Hilfskraft? Wer?«, fragte ich, als ich hörte, wie jemand das Apartment betrat.

»Die Person, die dich gestern Abend bewusstlos geschlagen hat«, führte er aus. »Und die deine Disziplinierung übernehmen wird.«

Als ich erkannte, wer soeben in den Raum gekommen war, stieß ich einen Laut der Überraschung aus. Schlagartig war mir klar, woher Brightly von meiner Abscheu vor Tomaten gewusst hatte.

Mein Peiniger war niemand anderes als meine Mutter.

20

»Mom?«, sagte ich ungläubig, als sie das Zimmer durchquerte und geradewegs auf mich zusteuerte. »Was machst du hier?«, fragte ich atemlos, in der Hoffnung, es gäbe eine Erklärung für ihre Anwesenheit – irgendeine, die nichts mit Brightlys Schreckensvisionen zu tun hatte.

»Das habe ich dir bereits hinlänglich erklärt«, meldete sich Brightly zu Wort. »Sie wird dich disziplinieren. So ist es doch, Judy, nicht wahr?«

»Jawohl, Mr. Brightly«, antwortete meine Mutter mit kalter, emotionsloser Stimme. Sie klang beinahe wie ein Roboter. Vermutlich hatte der gefallene Engel sie an die kurze Leine genommen. Ich war mir nicht einmal sicher, ob sie überhaupt wusste, dass sie ihren eigenen Sohn vor sich hatte.

»Hallo, Stuart«, sagte sie, womit meine Frage beantwortet war. Ihre Augen waren stumpf, ihr Blick lieblos, als sie auf mich herabschaute. Es war das Fürchterlichste, das ich je erlebt hatte. Und dabei hatte ich bereits Fon Pyres Hintern gesehen!

»Dein Timing ist perfekt«, ließ Brightly sie wissen. »Wie du siehst, hat dein Sohn es fertiggebracht, sein Gefängnis in

Brand zu setzen. Und er hat sich sogar durch deine Tomate gegessen.«

Als Mom erstaunt die Augenbrauen hob, konnte ich es ihr nicht übelnehmen. Ich konnte selbst kaum glauben, dass ich das getan hatte.

»Wenn er sie plötzlich so gerne mag«, meinte sie, »sollte er am besten von nun an nichts anderes mehr zu essen bekommen.«

»Eine grandiose Idee«, pflichtete Brightly ihr bei. »Ich gehe gleich los und hole Nachschub. Wieso fängst du in der Zwischenzeit nicht schon mal an?«

»Nichts lieber als das«, erwiderte meine Mutter, während Mr. Brightly zur Tür lief.

»Mom, du musst das nicht tun«, sagte ich, sobald der Engel fort war. »Ich bin dein Sohn. Hast du das etwa vergessen? Du liebst mich.«

»Deswegen nehme ich das alles ja auf mich«, erklärte sie mir und packte mich unsanft am Ohrläppchen. »Ich liebe dich so sehr, und deshalb muss ich dir zeigen, dass du vom rechten Weg abgekommen bist.«

Mit diesen Worten zerrte sie mich zu dem einzigen Stuhl im Raum. Da ich noch immer gefesselt war, musste ich auf den Knien robben, um mit ihr mitzuhalten. Wenn ich auch nur für den Bruchteil einer Sekunde innehielt, kniff sie fester zu, und ich wurde mit einem stechenden Schmerz im Ohr bestraft. Diese Methode hatte sich schon in meiner Kindheit als höchst effektiv erwiesen. Mom hatte nichts verlernt.

»Hinsetzen«, befahl sie mir.

Ich gehorchte.

»Herrje, dein Ohr blutet ja.«

Als ob das überraschend war. Mom trug ihre Fingernägel seit jeher lang und feilte sie spitz. Es war nicht das erste Mal, dass sie mich damit verletzt hatte. Aber so schmerzhaft die Kniffe ins Ohr auch waren: Sie waren nichts im Vergleich zu dem, was mich im Anschluss daran stets erwartete … Das wusste ich aus Erfahrung.

Oje!

»Warte, ich versorge nur schnell die Wunde«, sagte sie, und im selben Moment stieg mir der gefürchtete Geruch von Desinfektionsmittel in die Nase.

Jod, dachte ich. Bevor ich wusste, wie mir geschah, tupfte sie die kleine Wunde damit ab. Ein heftiger Schmerz durchzuckte mich, genau wie ich ihn von früher in Erinnerung hatte. Mir war natürlich klar, dass die Disziplinierungsmaßnahmen, die mich erwarteten, um einiges schlimmer sein würden. Wenn Mom dachte, sie könnte damit meinen Willen brechen, hatte sie sich jedenfalls getäuscht.

Aber vielleicht tat sie das alles nur, um mich zu zermürben …

Sie nahm mein anderes Ohr zwischen ihre Fingernägel und riss es mit aller Kraft nach hinten. Ich zuckte zusammen, schaffte es aber, nicht zu schreien. Selbst dann nicht, als sie Jod auf die frische Wunde träufelte.

»Wenn du denkst, dass dir deine Ohren weh tun«, sagte sie, »dann warte mal ab, was als Nächstes kommt, mein Sohn.«

Wir befanden uns also schon mittendrin in der Lektion. Innerlich machte ich mich auf das Grässlichste gefasst und wartete ab. Im selben Moment schob sie mir etwas in jedes Ohr. Einen Augenblick lang hörte ich nichts, ehe dröhnend laute Musik meinen Gehörgang erfüllte.

Noch dazu grottenschlechte Musik.

Meine Schwester Tiffany liebte Boybands, allen voran eine Gruppe namens 5-FAD. Ich konnte diese Knalltüten auf den

Tod nicht ausstehen. Mehr als einmal hatte ich gelästert, dass man jemanden mit ihrem Gejaule foltern könnte. Vermutlich hatte Mom sich das gemerkt.

We're 5-FAD
An' we're here to stay.
We ain't never
No we never
Gonna go away ...

Versteht ihr jetzt, was ich meine?

Die reinste Qual für jedes Ohr.

»We're here to stay« – also bitte! Jede Band, die solche Zeilen singt, verschwindet schneller wieder in der Versenkung, als man bis drei zählen kann. Zugegeben, ich konnte die Band nicht ausstehen, aber es fühlte sich nicht wirklich wie eine Folter an. Die Jungs hatten echtes Nervpotenzial und machten mich leicht aggressiv, aber das war es auch schon.

Doch schon beim nächsten Song sollte sich das ändern.

»Ich fasse es nicht!«, rief ich, als die kreischende Stimme von Jennifer Carey in unfassbarer Lautstärke mein Trommelfell malträtierte. Noch nervtötender als Boybands sind nur Popdiven.

I love you baby
But if you cheat
Then you don't get to be
My baby ...

»Aufhören!«, rief ich. Ich warf den Kopf in den Nacken und riss ihn gleich wieder nach vorne, in der Hoffnung, dadurch die Kopfhörer abzuschütteln. Als das nicht klappte, ließ ich mich nach vorne kippen, wodurch ich meiner Mom den MP3-Spieler aus der Hand riss. Als dieser direkt neben mir landete, trampelte ich wie ein Wilder darauf herum.

Ich hasste Jennifer Carey wie die Pest.

»Oje«, sagte meine Mom, als sie das kaputte Gerät aufhob. »Jetzt muss ich mir etwas anderes einfallen lassen, um dich zu quälen. Ganz zu schweigen davon, dass deine Schwester sehr unglücklich sein wird, wenn sie sieht, was du mit ihrem Gerät gemacht hast.«

»Ich bin vor lauter Schuldgefühlen völlig geknickt«, gab ich zurück. »Was hast du als Nächstes vor? Willst du mir etwa den Hintern versohlen?«

»Ich hatte gehofft, dass es nicht so weit kommen würde«, entgegnete sie und ging zu ihrer Tasche, die in der Ecke stand. »Mr. Brightly meinte, es wäre am effektivsten, wenn wir dem Teil deines Körpers Schaden zufügen, der dich zur Sünde angestiftet hat. So sagt es auch unser Herrgott: ›Wenn dir aber dein rechtes Auge ein Anstoß zur Sünde wird, so reiß es aus und wirf es von dir.‹ Lieber einäugig vor der Himmelspforte als mit voller Sehkraft im Fegefeuer.«

Eisige Furcht packte mich. »Nein …«, keuchte ich. »Du wirst doch nicht etwa …«

Erleichtert beobachtete ich, wie meine Mutter einen Wasserkocher aus der Tasche zog. Und im selben Moment kehrte die Panik aus just demselben Grund zurück. Sie hatte nicht vor, mir mein bestes Stück abzuhacken. Stattdessen wollte sie es bis zur Unkenntlichkeit verbrennen.

»Was jetzt kommt, tut mir mehr weh als dir«, erklärte sie, während sie den Kocher in Mr. Brightlys Pantry-Küche befüllte.

»Das wage ich zu bezweifeln«, antwortete ich. »Mom, bisher hast du mir nur Dinge angetan, die ich als dein Sohn schon früher so oder so ähnlich erlebt habe. Aber wenn du das mit dem kochenden Wasser durchziehst, werde ich dir niemals vergeben.«

Als Mom gerade den Wasserkocher einstöpseln wollte, hielt sie kurz inne, drehte sich zu mir um und sah mich an.

»Stuart …«, setzte sie an. Auf ihrem Gesicht spiegelten sich echte Gefühle wider. Ich witterte meine Chance, endlich zu ihr vorzudringen, doch just in dem Moment kehrte natürlich Brightly zurück.

»Ich habe hier frische Tomaten für unseren Gast«, meinte er und stellte die Tüte mit dem ekelhaften Gemüse auf dem Küchentresen ab. »Wie geht es mit der Disziplinierung voran?«

Er wartete die Antwort gar nicht erst ab. Das musste er mit seinen Fähigkeiten schließlich nicht.

»Verstehe«, sagte er, ging zu meiner Mutter und legte ihr zärtlich die Hände auf die Schultern. »Deine Familie ist sehr wichtig für dich. Genauso sollte es auch sein. Und genau deshalb darfst du nicht von deinem Vorsatz ablassen. Sobald Stuart die Wahrheit akzeptiert, wird er dir dankbar sein für das, was du heute getan hast.«

»Nein, das werde ich nicht«, hielt ich dagegen, obwohl ich wusste, dass es sinnlos war. Meine Mutter war ihm regelrecht verfallen, hing ihm förmlich an den Lippen. Dagegen war ich machtlos.

»Sie haben natürlich recht«, antwortete sie, steckte den Stecker ein und sah Brightly dabei tief in die Augen.

Behutsam umfasste er ihr Gesicht und schenkte ihr ein einnehmendes Lächeln.

Dann küsste er sie auf den Mund.

»Hey!«, rief ich. »Das ist meine Mutter!«

Mom legte die Arme um den gefallenen Engel, zog ihn näher zu sich und erwiderte seinen Kuss voller Leidenschaft. Das war mehr, als ich ertragen konnte, weshalb ich die Augen schloss und abwartete.

Als ich sie wieder öffnete, waren die beiden allerdings noch immer zugange. Und Mr. Brightly, der Engel, hatte mittlerweile seine Hände auf ihren Hintern gelegt.

»Igitt«, raunte ich und wandte erneut den Blick ab.

Im selben Moment drang ein Geräusch an meine Ohren. Wegen des aufkochenden Wassers war es kaum wahrnehmbar. Ich hatte es dennoch gehört.

Ein Kichern.

Wer, dachte ich, würde sich am meisten darüber freuen, wenn ich gefoltert würde? Fon Pyre.

Er war hier. Im Apartment.

In Hörweite.

»Fon Pyre!«, rief ich. »Komm her und befrei mich.«

Pfeilschnell schoss der Dämon unter Mr. Brightlys Bett hervor.

Er wirkte verstimmt und verängstigt zugleich. Es stand ihm ins Gesicht geschrieben, dass er nicht damit gerechnet hatte, dass ich ihn entdecken würde. Jetzt musste er sich zu allem Übel auch noch kopfüber in tödliche Gefahr stürzen.

Wie immer agierte er blitzschnell. Im Bruchteil einer Sekunde hatte er meine Handfesseln durchtrennt. Aber leider war er nicht schnell genug.

»Du da!« Brightly fuhr herum und warf das Messer, mit dem er gerade die Tomaten zerkleinern wollte. Es flog durch die Luft, und die Klinge blieb in Fon Pyres Fuß stecken. Damit war der Dämon bewegungsunfähig.

»Aua!«, rief der Dämon und befreite sich vom Messer. Allerdings stürzte Brightly sich bereits auf ihn. Mit beiden Händen packte er den Dämon, hob ihn hoch und funkelte ihn an.

»Deine Seele gehört mir«, fauchte er.

Mein Blick glitt erst zu der Klinge auf dem Boden, dann hinauf zu dem verängstigten Dämon. Ich wusste, dass mir nur Zeit für eine einzige Aktion blieb. Entweder nahm ich das Messer und durchtrennte meine Fußfesseln. Oder ich versuchte, den Dämon zu befreien, der mich zum Sterben im Wandschrank zurückgelassen hatte.

Oberflächlich betrachtet war es eine einfache Entscheidung. Deswegen weiß ich bis heute nicht, was mich dazu getrieben hat, das Messer zu ignorieren und Mr. Brightly stattdessen mit aller Wucht gegen das Knie zu treten. Mit einem gellenden Schrei kippte der Engel zur Seite und schleuderte im Fallen den Dämon von sich. Als Fon Pyre durch das Fenster flog, ertappte ich mich dabei, wie ich hoffte, er würde den Sturz überleben.

Was in drei Teufels Namen war nur über mich gekommen?

Ich beschloss, mich später darüber zu wundern. Als ich sah, wie Mr. Brightly auf dem Boden saß und sich das verwundete Bein rieb, witterte ich meine Chance. Zwar war Fon Pyre nicht mehr in meiner Nähe, und somit gab es nichts, das die Macht des Engels eindämmen konnte. Aber ich hatte das Überraschungsmoment auf meiner Seite. Wenn ich es sinnvoll nutzte, konnte ich den Engel womöglich besiegen.

Ich schnappte mir das Messer, warf mich auf Mr. Brightly, so dass ich auf ihm saß und ihn mit Hilfe meiner Knie auf dem Boden hielt. Ich riss das Messer in die Höhe und …

… konnte es nicht tun. Das wäre Mord gewesen. Ich brachte es einfach nicht über mich.

So schnell meine Chance gekommen war, so schnell war sie wieder verstrichen. Einen Augenblick später packte meine Mutter mich, zog mich von Mr. Brightly herunter und riss mir die Klinge aus der Hand.

»Wie konntest du nur?«, kreischte sie und hielt das Messer in die Höhe, wie ich es vor wenigen Sekunden selbst getan hatte.

»Nein«, befahl Mr. Brightly. »Fessele ihn an den Stuhl. Wir haben schließlich noch das kochende Wasser, um ihn zu bestrafen.«

O nein. Plötzlich erschien mir die Vorstellung, von der eigenen Mutter erstochen zu werden, geradezu in rosigem Licht.

21

Wie zuvor wurde ich gefesselt und wartete darauf, gefoltert zu werden. Dieses Mal wurde ich vorsichtshalber an den Stuhlbeinen und Armlehnen festgebunden, damit ich nicht wieder die Flucht nach vorne antreten konnte. Ich saß also mit gespreizten Beinen da und hatte keinerlei Möglichkeit, meinen Schoß vor dem zu beschützen, was ihm unweigerlich bevorstand.

»Womit wollen wir anfangen?«, fragte meine Mom Mr. Brightly, als sie den Wasserkocher erneut einschaltete. »Mit dem Verbrühen oder den Tomaten?«

»Erst das Wasser«, meinte Brightly. »Dadurch dürfte er weniger Widerstand leisten, wenn wir ihn mit den Tomaten füttern.«

Die beiden unterhielten sich, als planten sie ein Picknick im Grünen. Meiner Meinung nach klang das Ganze mehr als nur ein bisschen gruselig.

»Wollen Sie mich eigentlich gar nichts fragen?«, meldete ich mich zu Wort. »Ich meine, wenn man jemanden foltert, dann doch meistens, um Informationen aus ihm herauszupressen.«

»Mein Junge, was wir tun, hat nichts mit Folter zu tun«, erklärte mir Mr. Brightly. »Es handelt sich dabei um eine ausgeklügelte Form der Bestrafung. Damit du deine Fehler erkennst und Buße tust. Außerdem brauche ich keine Informationen mehr von dir. Ich habe bereits deine Gedanken gelesen und alles herausgefunden, was ich wissen muss.«

»Wie zum Beispiel?«, fragte ich, wenngleich ich mir sicher war, was er antworten würde.

»Du weißt genau, was ich dir antworten werde«, sagte Brightly.

Ich stöhnte. Er hatte das Versteck gefunden und Chester, Jane und die anderen gefangen genommen.

Ich verlor den Mut. All unsere Mühen waren umsonst gewesen. Wir waren alle von diesem geisteskranken Engel …

»Das verbitte ich mir!«

… und seinem Mob geschnappt worden. Und das war einzig und alleine meine Schuld. Genau genommen hatte ich sogar zweimal Schuld auf mich geladen: erstens, weil ich mich von diesem gestörten Engel …

»Ich warne dich, mein Junge!«

… hatte einfangen lassen, damit er meine Gedanken lesen und vom Geheimversteck erfahren konnte. Und zweitens, weil ich mich von meinem Bruder beim Ihr-wisst-schon-was hatte erwischen lassen, wodurch der ganze Schlamassel überhaupt erst ausgelöst worden war.

»Wo du recht hast, hast du recht«, sagte Brightly. »Dein Fehlverhalten hat eine Menge Kummer heraufbeschworen, junger Mann. Bist du bereit, Buße zu tun?«

»Ich denke schon«, antwortete ich.

»Prima«, gab Brightly zurück. »Morgen, wenn die beiden Jugendgruppen aufeinandertreffen, wirst du vor allen deine Reue unter Beweis stellen.«

Das Jugendtreffen! Das hatte ich beinahe vergessen.

»Mr. Brightly, hören Sie mir bitte zu«, entgegnete ich. »Sie müssen unbedingt dafür sorgen, dass die Gruppen nicht zusammenkommen. Falls doch …«

»Ja, ja, die Dämonen«, erwiderte Brightly. »Mach dir deshalb keine Sorgen. Solange nichts passiert, das den Hass der Wernsbridger anstachelt, wird es den Dämonen nicht gelingen, in unsere Welt vorzudringen. Es ist jedoch lobenswert, dass du dir Gedanken darüber machst. Vielleicht ist deine Seele doch noch nicht komplett verloren. Ah, das Wasser kocht. Halt dich bereit, Stuart.«

»Aber … ich bereue alles, was ich getan habe!«, rief ich schnell.

»Das ändert nichts daran, dass du bestraft werden musst«, sagte Mr. Brightly. »Du hast es verdient.«

Während ich beobachtete, wie sich meine Mom mit dem Wasserkocher näherte, glaubte ich tatsächlich, dass ich eine solch drakonische Strafe verdient hatte. Erst, als sie vor mir stand, um mir das heiße Wasser über die Hose zu gießen, konnte ich wieder klar denken. Nein, ich hatte keine Strafe verdient! Und abgesehen davon gab es auch nichts, was ich bereute.

Anscheinend war ich nicht der Einzige, der dieser Ansicht war. Mom sah plötzlich vollkommen erschüttert aus. Sie trat einen Schritt zurück und schleuderte den Kessel von sich.

»Was … was tue ich hier eigentlich?«, rief sie.

Ich ahnte, was soeben geschehen war. Es gab nur einen, der den Einfluss des Engels schwächen konnte. Fon Pyre. Aus dem Blick auf Brightlys Gesicht schloss ich, dass er dasselbe dachte. Oder es in meinen Gedanken gelesen hatte. Wie dem auch sei, das Ergebnis war dasselbe.

»Der Dämon!«, rief Mr. Brightly und machte einen Satz nach vorne.

Im selben Moment gab der Boden unter meinen Füßen nach, und ich stürzte in das darunterliegende Apartment. Aus den Augenwinkeln sah ich gerade noch, wie Fon Pyre unter der Decke hing und mich dabei beobachtete, wie ich in die Tiefe stürzte. Er hatte das Loch in die Decke geschnitten, so viel stand fest. Als ich auf dem Boden aufprallte, zerbrach der Stuhl, und mir blieb die Luft weg. Wie gelähmt lag ich am Boden. Fon Pyre ließ sich fallen und befreite mich von meinen Fesseln.

»Los, steh auf, wir müssen hier raus«, zischte er. »Am besten noch heute.«

Ich war mir nicht sicher, was ich davon halten sollte, dass Fon Pyre offenbar die Seiten gewechselt hatte. Er hätte mich ohne mit der Wimper zu zucken meinen Peinigern überlassen können. Stattdessen tat er alles, um mich zu retten.

Mein Kopf rollte auf die Seite, und mein Blick fiel auf die Tür des Wandschranks. Ich fragte mich, ob da womöglich auch jemand drin war. Chester, Jane oder vielleicht sogar Father Reedy.

»Los, wach auf und beweg deinen Hintern«, drängelte Fon Pyre und zerrte an meinem Hemd. »Wir müssen uns beeilen, sonst ... O nein!«

Ich schaute nach oben und erblickte Brightly, der sich daranmachte, durch das Loch zu klettern. Nicht mehr lange, und er wäre unten bei uns. Wir durften keine Zeit verlieren. Wie von der Tarantel gestochen rollte ich mich auf die Seite und rappelte mich hoch. Als Fon Pyre auf meinen Rücken sprang, bemerkte ich, dass er seinen Fuß behelfsmäßig bandagiert hatte und dass der Verband mit einer grünen Flüssigkeit getränkt war – vermutlich Dämonenblut.

Gerade als Brightly sich fallen ließ, schoss ich los in Richtung Tür. Daneben stand ein Bücherregal, das ich mit einer

Hand von der Wand stieß, während ich mit der anderen die Tür öffnete. Das Regal fiel auf den Engel und begrub ihn unter einer Lawine von Groschenromanen.

Ich stürzte zur Tür hinaus und hielt auf die Treppe zu. Mir war klar, dass ich lediglich ein paar Sekunden dazugewonnen hatte. Ich musste uns aus dem Gebäude bringen, ehe ich …

… ehe was?

»Was machen wir jetzt?«, fragte ich Fon Pyre, während ich die Stufen nach unten hastete.

»Rennen!«, antwortete Fon Pyre.

»Das ist mir auch klar«, sagte ich, als wir im dritten Stock ankamen. »Aber wohin? Der Engel kann uns überallhin folgen.«

»Bring uns aus der Stadt hinaus«, meinte Fon Pyre. »Dann werden wir … uns die Sache aus der Ferne ansehen.«

Auf dem Treppenabsatz der ersten Etage entdeckte ich einen hünenhaften Mann, der mit ausgestreckten Armen bereits auf mich wartete. Geistesgegenwärtig schwang ich mich über das Treppengeländer und sprang hinab. Es musste alles so schnell gehen, dass mir gar keine Zeit blieb, mich daran zu erfreuen, wie cool ich reagiert hatte. Im Erdgeschoss angekommen, rannte ich durch die Eingangstür und geradewegs in einen Mann hinein, der im Begriff war, das Gebäude zu betreten.

Der Mann war nicht alleine. Kurz bevor ich mit ihm zusammenprallte, bemerkte ich, dass er einen Teenager, dessen Hände auf dem Rücken festgebunden waren, unsanft am Oberarm gepackt hielt.

»Hey!«, sagte ich und fiel hin.

»Hey!«, wiederholte der Mann, bevor ich auf ihm landete.

»Stuart!«, rief der Teenager. Diese Stimme kam mir seltsam bekannt vor.

Schließlich zischte Fon Pyre mir zu: »Pass doch auf, wo du hingehst.«

Ich hob den Blick. Es war tatsächlich Chester. Und anscheinend hatte ich ihn von seinem Bewacher befreit, der völlig benommen unter mir am Boden lag.

»Danke«, sagte Chester.

Ich stand auf und erwiderte: »Keine Ursache.«

»Dir ist schon klar«, fuhr Chester fort, »dass du einen Dämon auf dem Rücken trägst, oder?«

»Los, weiter!«, rief Fon Pyre.

Ich schaute zurück. Der Hüne, dem ich so gekonnt ausgewichen war, trat gerade durch die Tür. Sofort nahm ich die Beine in die Hand und hoffte inständig, dass Chester so viel Grips besaß, es mir gleichzutun. Erleichtert stellte ich fest, dass er mich nicht enttäuschte.

Wow. Doch nicht ganz so dumm, das Bürschlein.

Trotzdem durfte ich mir nichts vormachen: Zu Fuß würden wir nicht weit kommen. Der Riese war uns dicht auf den Fersen. Und dann waren da noch die vielen Menschen, die aus dem Gebäude strömten, um sich der Jagd anzuschließen. Doch das war natürlich längst nicht alles. Überall um uns herum kamen Leute aus den Wohnhäusern und den Geschäften, als wären sie ein Schwarm Wespen, und trieben uns immer weiter in die Enge. Wie aus heiterem Himmel hielten Autos an. Fahrer und Beifahrer sprangen heraus, um sich an dieser spontanen Party zu beteiligen. Chester, der ohnehin nicht in sonderlich guter Verfassung war, schnaufte bereits wie eine Lokomotive. Mir würde auch bald die Puste ausgehen. Schließlich hatte ich einen Dämon auf dem Rücken.

Wieder beschäftigte mich die Frage, wieso Fon Pyre mir geholfen hatte. Falls wir je die Gelegenheit dazu bekamen –

und im Moment bezweifelte ich das sehr stark –, würde ich ein langes Gespräch mit ihm führen müssen.

Wie aus dem Nichts tauchte ein Polizeiwagen vor uns auf, versperrte uns den Weg und spuckte Officer Harpur aus. Ich konnte mich noch gut daran erinnern, wie Harpur mir und meinen Mitschülern im sechsten Schuljahr die Wache von Ice Lake gezeigt hatte. Seither war er mir sympathisch gewesen. Als er jetzt jedoch seine Pistole zückte und sie geradewegs auf meine Brust richtete, änderte ich meine Meinung.

Doch das Glück war uns hold: In dem Augenblick fiel Chester nämlich über seine eigenen Füße. Als ich ihn aufschreien hörte, drehte ich mich um und sah gerade noch, wie er der Länge nach hinschlug. Dadurch stolperte sein bulliger Verfolger über ihn, segelte an mir vorbei und prallte schließlich mit Officer Harpur zusammen. Die beiden gingen zu Boden, wobei Harpur die Waffe aus der Hand fiel.

»Schnapp sie dir!«, raunte Fon Pyre mir zu.

Ohne nachzudenken, gehorchte ich.

Und plötzlich war ich bewaffnet.

»Er hat eine Pistole!«, schrie einer meiner Verfolger. Offenbar hatte seine Furcht vor Waffen die Kontrolle des Engels über ihn außer Kraft gesetzt.

»Äh … zurück mit euch!«, rief ich und fuchtelte ziellos mit der Pistole herum. »Ich weiß, wie so ein Ding funktioniert«, fügte ich hinzu, wenngleich kein Wort davon stimmte. Mein gesamtes Wissen über Waffen stammte aus dem Fernsehen. Die Wahrscheinlichkeit, dass ich mich selbst verletzte, war größer als die, dass ich anderen Schaden zufügte. Es sei denn, ich drückte aus Versehen ab.

Ich richtete die Waffe gen Himmel. Nur, um auf der sicheren Seite zu sein.

»Ihr sollt mich endlich in Ruhe lassen!«, rief ich und hoffte, dass es möglichst furchterregend klang.

»Schnapp dir den Wagen«, sagte Fon Pyre.

»Das Polizeiauto?«, antwortete ich ungläubig. War es schon so weit gekommen, dass ich mich an Staatseigentum vergriff?

Doch dann fragte ich mich im Stillen, warum ich das verdammt noch mal nicht tun sollte.

»Stehen bleiben!«, befahl ich Officer Harpur und dem Riesen, die sich gerade aufgerappelt hatten. »Komm hierher, Chester.«

»Lass ihn«, meinte Fon Pyre. »Mit dem haben wir doch nur Scherereien.«

»Beeil dich, Chester«, sagte ich eine Spur lauter.

»Ja doch«, antwortete er und gab sich die größte Mühe, mit gefesselten Armen aufzustehen.

»Leg die Waffe weg, Junge«, ertönte Officer Harpurs tiefe Stimme. »Du fährst nirgendshin.«

»Hallo!«, sagte Fon Pyre, ließ sich hinter meiner Schulter sehen und winkte dem Polizisten mit seinem Reptilienarm zu.

Harpur stieß einen undefinierbaren Schrei aus und lief davon.

Anders als der Hüne. Er blieb regungslos stehen.

»Du wirst nicht schießen«, brummte er.

Mir war klar, dass nicht wirklich er selbst, sondern Mr. Brightly durch ihn mit mir sprach. »Leg die Waffe weg und komm mit mir.« Der Riese machte einen Schritt auf mich zu und streckte den Arm aus, um nach der Waffe zu greifen. Womöglich hätte er sein Ziel auch erreicht – wenn Chesters Fuß nicht in seinem Schritt gelandet wäre.

»Netter Einfall, Chester«, sagte ich und half ihm auf, während der Hüne zu Boden ging. »Rein mit dir in den Wagen.«

»Den Polizeiwagen?«, fragte er. »Wir stehlen einen … Hey!«, rief er, als ich ihm einen Tritt in den Allerwertesten verpasste.

Ich stieg ein, und nachdem ich Chester auf den Beifahrersitz geschoben hatte, kletterte Fon Pyre von meinem Rücken herunter. Der Zündschlüssel steckte.

Ich ließ den Motor an, trat aufs Gaspedal und fuhr aus der Stadt heraus.

22

Als ich in dem gestohlenen Polizeiwagen auf den Highway auffuhr, fühlte ich mich alles andere als wohl in meiner Haut. Sich mit einem gefallenen Engel anzulegen war eine Sache, das Gesetz zu übertreten eine gänzlich andere.

»Alles klar bei dir, Chester?«, fragte ich ihn.

»Wenn mich endlich mal jemand von den Fesseln befreien würde, ja«, antwortete er.

»Fon Pyre, wärst du so nett?«

»Schon erledigt«, erwiderte der Dämon und durchtrennte im Nu das Seil, das Chesters Hände zusammenhielt.

»Danke«, sagte Chester und rieb sich die Handgelenke. »Danke, dass du mich gerettet hast, Stuart. Als die unser Versteck gestürmt haben, dachte ich, alles sei aus. Ich nehme an, dass du den Engel nicht erledigt hast, oder?«

»Nein«, gab ich zurück. »Hör zu, Chester, ich kann es kaum abwarten, die Einzelheiten von deiner Gefangennahme zu hören, aber das muss noch warten. Fon Pyre, ich würde gerne wissen ... Weshalb bist du zu mir zurückgekommen?«

»Weil du mich vor dem Engel gerettet hast«, entgegnete der Dämon. »Der Ehrenkodex der Dämonen schreibt vor, dass ich dir diene und dich beschütze.«

»Oh, cool«, sagte ich. »Für wie lange?«

»Bis in alle Ewigkeit«, antwortete er.

Ich ließ die Worte des Dämons sacken. Er war jetzt mein Bodyguard. Für immer und ewig. Und das, obwohl ich derjenige war, der ihn überhaupt erst in diese lebensbedrohliche Situation gebracht hatte.

»Aber ich habe dich doch erst in diese Situation gebracht«, warf ich ein. »Du hättest mit dem Engel gar nichts zu schaffen gehabt, wenn …«

»Das spielt keine Rolle«, erwiderte Fon Pyre. »Regeln sind Regeln. Ob es dir gefällt oder nicht, ich bin jetzt dein Partner. Für den Rest deines Lebens.«

Ich war mir nicht sicher, ob ich mich darüber freuen sollte oder nicht. In der gegenwärtigen Lage war es natürlich angenehm und äußerst hilfreich, einen schnellen und starken Beschützer an der Seite zu haben. Aber was würde mich anschließend erwarten? Würde Fon Pyre in der Schule neben mir sitzen, mich zu meinen College-Seminaren begleiten, mit zur Arbeit gehen und am Tag meiner Hochzeit neben mir stehen? Das wäre im besten Fall bizarr.

Davon abgesehen: Mochte ich ihn überhaupt? Wollte ich wirklich den Rest meines Lebens in seiner Gesellschaft verbringen? Eher nicht.

Ich verlor mich beinahe in meinen Grübeleien, bis Chester mich auf seine charmante Art abrupt in die Gegenwart zurückholte.

»Ich erzähle es dir trotzdem«, riss er mich aus den Gedanken. »Wir lagen alle auf dem Kellerboden und haben versucht einzuschlafen, als plötzlich eine Horde von Leuten in den Keller gestürmt kam und uns packte. Mr. Reader, der Typ, dem der Supermarkt gehört, war dabei und außerdem Mr. Samuels, wenn mich nicht alles täuscht. Ist auch egal, ich habe mich losreißen können und bin weggelaufen.«

Nicht wirklich verwunderlich, dachte ich bei mir.

»Ich bin überzeugt, dass du alles Menschenmögliche getan hast, um Jane und die anderen zu retten«, bemerkte ich stattdessen sarkastisch.

»Was? Na ja, nicht wirklich. Ich bin einfach die Treppe rauf und aus dem Haus gerannt.«

»Hast du zufällig gesehen, wo sie die anderen hingebracht haben?«, erkundigte ich mich.

»Nein«, antwortete er. »Weil ich ja weggerannt bin. Ich hab's bis zur Kirche geschafft, wo mich dann der große Typ einkassiert hat. Vermutlich hat er da gewartet. Genau, wie du es vorhergesagt hast.«

»Stell sich das mal einer vor«, sagte ich.

»So haben sie mich am Ende doch noch erwischt«, beendete Chester seine kleine Geschichte. »Wie war es denn bei dir?«

»Hör zu, Kleiner«, meldete sich Fon Pyre zu Wort. »Wegrennen scheint ja eine deiner großen Stärken zu sein. Dann erzähl uns doch mal, wie du einen zweiten Polizeiwagen abhängen würdest.«

»Weiß nich'«, sagte Chester. »Schneller fahren?«

»Warum fragst du?«, wollte ich von Fon Pyre wissen und spürte ein flaues Gefühl im Magen.

»Weil wir Gesellschaft bekommen haben«, erklärte der Dämon und deutete durch die Heckscheibe. »Seht selbst.«

Sofort blickte ich in den Rückspiegel. Hinter uns war tatsächlich ein Polizeiwagen, der beständig näher kam. Jetzt schaltete er auch noch die Sirene und die Lichthupe ein.

»Verdammter Mist, Herrgott noch mal!«, fluchte ich und merkte, wie ich langsam panisch wurde.

»Stuart!«, ermahnte Chester mich. »Der Herr mag es nicht, wenn du …«

»Nicht jetzt, Chester!«, schrie ich.

»Drück auf die Tube!«, ging Fon Pyre dazwischen. Ohne weiter darüber nachzudenken, trat ich das Gaspedal durch.

»Damit reiten wir uns nur tiefer in die Scheiße«, sagte ich. »In diesem Moment geben sie über Funk durch, dass sie die Verfolgung aufgenommen haben. Wahrscheinlich fordern sie eine Straßensperre oder so etwas an. Würde mich nicht wundern, wenn sie auch noch Hubschrauber einsetzen.«

»Totaler Schwachsinn«, entgegnete Fon Pyre abfällig. »Du siehst zu viel fern.«

»Wieso bist du dir so sicher, dass sie keine Verstärkung aus der Luft bekommen?«

»Weil dieses Auto«, meinte Fon Pyre und klopfte gegen die Anzeigentafel, »schon fast auf dem letzten Tropfen läuft.«

»O nein!«, kreischte Chester. »Was machen wir denn jetzt?«

»Ich hätte da einen Plan«, säuselte der Dämon, »aber ihr müsst beide meine Anweisungen befolgen. Ohne Wenn und Aber.«

»Einverstanden«, sagte ich. Das Ganze gefiel mir zwar nicht, aber ich wusste, dass uns nicht mehr viele Möglichkeiten blieben.

»Tauscht die Plätze«, wies Fon Pyre uns an.

»Was?«, rief Chester.

»Jetzt!«, brüllte der Dämon. »Schnell! Ich kümmere mich so lange um das Gaspedal.« Mit diesen Worten schoss Fon Pyre in den Fußraum. Sobald er das Gaspedal übernommen hatte, gab er uns ein Zeichen.

Es gestaltete sich um einiges schwieriger, als es sich anhörte, aber wir schafften es schließlich. Ich rutschte nach vorne, während Chester sich hinter mich zwängte, um mich griff und die Hände an das Lenkrad legte.

Unter anderen Umständen hätte ich es genossen, Chester so nah hinter mir zu spüren. Sein Körper war warm und muskulös und …

»Beweg dich!«, riss Fon Pyre mich aus meinen Träumen. Blitzschnell rutschte ich auf den Beifahrersitz und zog die Beine nach.

»Und jetzt?«, fragte ich, nachdem Chester das Gaspedal von Fon Pyre übernommen hatte.

»Mach die Beifahrertür auf«, erklärte Fon Pyre mir. »Beeil dich!«

»Okay«, sagte ich und kam seinem Befehl nach.

»Ausgezeichnet«, bemerkte Fon Pyre. »Ach, und Chester?«

»Ja?«, antwortete er.

»Tschau!«

Mit einer schnellen und kraftvollen Bewegung packte Fon Pyre mich. Ehe ich wusste, was hier vor sich ging, sprang er aus dem fahrenden Wagen. Und riss mich mit. Mit einem gellenden Schrei sah ich den Straßenrand auf mich zurasen. Gleich würde ich aufschlagen.

Doch so weit kam es nicht. Rechtzeitig streckte Fon Pyre die Beine aus und kam schlitternd zum Stehen, während er mich wie eine zerbrechliche Vase in die Höhe hielt.

Im selben Augenblick brausten unsere Verfolger an uns vorbei.

»Was zum Teufel …?«, begann ich, riss mich von Fon Pyre los und baute mich vor ihm auf. »Warum hast du das getan?«

»Um dir das Leben zu retten«, antwortete der Dämon achselzuckend. »Während die Polizei hinter dem Fluchtwagen her ist, können wir uns gemütlich aus dem Staub machen.«

»Aber was ist mit Chester?«, fragte ich.

»Was soll mit ihm sein?«

»Wie willst du ihn denn retten?«, wollte ich wissen.

»Ich habe nicht vor, ihn zu retten«, kam die Antwort. »Du bist der Einzige, den ich beschützen muss.«

Ich starrte ihn mit offenem Mund an, drehte mich weg und lief los. Es war aussichtslos, den Wagen einzuholen, aber ich war wild entschlossen, mein Bestes zu geben.

»Wo willst du hin?«, fragte Fon Pyre, der bereits zu mir aufgeschlossen hatte. »Wir sollten uns im Wald verstecken. Dort sind wir am besten geschützt und können den nächsten Schritt planen.«

»Ich werde Chester retten«, gab ich zurück.

»Warum?«, erkundigte sich Fon Pyre. »Er ist nutzlos.«

»Er hat es nicht verdient, festgenommen zu werden«, sagte ich.

»Darum geht es nicht«, entgegnete der Dämon. »Es geht darum, dass er geschnappt wird und wir fliehen können. Wieso machst du dir so viele Gedanken um ihn?«

»Weil er mein Freund ist«, erwiderte ich.

»Ist er nicht«, setzte Fon Pyre dagegen. »In deinen Augen ist er doch nur ein kleiner dummer Christ. Du findest ihn nervig.«

»Er ist nervig, ja«, räumte ich ein. »Und ich gebe zu, dass er auch nicht gerade der Hellste ist. Trotzdem ist er mein Freund, und ich werde ihn nicht im Stich lassen.«

»Du weißt doch gar nicht, was Freundschaft bedeutet.«

»Dann wird es Zeit, dass ich es lerne.«

»Aber warum ...?«

»Darum«, sagte ich, blieb stehen und sah ihn an. »Und

weil ich meine Prioritäten neu geordnet habe, seit ich um ein Haar für deinen Tod verantwortlich gewesen wäre.«

Geschockt betrachtete Fon Pyre mich. »Klingt beinahe wie eine Entschuldigung.«

»So weit würde ich nicht gehen«, antwortete ich. »Aber ich bedaure, was passiert ist, und wir werden jetzt alles daransetzen, um Chester zu retten. Verstanden?«

»Was immer mein Herr und Meister befiehlt«, brummte Fon Pyre, und so rannten wir weiter.

Wenn einem die Polizei folgt, ist es das Klügste, zügig an den Straßenrand zu fahren. Leider hatte Chester diese Option nicht in Erwägung gezogen. Als Fon Pyre und ich um die nächste Kurve kamen, hinter der die Straße kilometerweit geradeaus verlief, war nirgends ein Polizeiauto in Sicht.

»Dieser Idiot!«, schimpfte ich und blieb stehen, um Luft zu schnappen.

»Das kannst du laut sagen«, murmelte Fon Pyre.

Einige Augenblicke lang stand ich keuchend da und dachte darüber nach, weiterlaufen zu müssen. Diese Vorstellung versetzte mich nicht gerade in Begeisterungsstürme.

»Wie wäre es«, meinte Fon Pyre, »wenn ich auf ein vorbeifahrendes Auto aufspringe und uns so eine Mitfahrgelegenheit organisiere?«

»Nein«, antwortete ich. »Ich möchte nicht, dass noch jemand verletzt wird.«

»Dein Verantwortungsbewusstsein in allen Ehren, aber was wird dann aus deinem Plan, deinen Busenfreund zu retten?«, wollte er mich aus der Reserve locken. »Was ist dir wichtiger?«

Ehe ich mir eine Antwort überlegen konnte, hielt ein Motorrad neben uns. Im Sattel saß Jacob Farmson, um den Hals ein Stück Stoff, das ich im ersten Moment für einen ziemlich lächerlichen Motorradschal hielt.

»Aha!«, rief er. »Habe ich euch!«

»Ja, ja, sehr witzig«, erwiderte ich. »Für so einen Quatsch haben wir echt keine Zeit, Jake.«

»Jetzt treibst du dich also mit einem Dämon herum!«, fuhr Jacob voller Verachtung fort und zeigte mit dem Finger auf Fon Pyre. »Dein Sündenregister wird mit jeder Minute länger, Stuart!«

Als ich Jacob etwas eingehender musterte, stellte ich fest, dass sein Schal in Wahrheit eine Schlafanzughose war. Die Beine waren um seinen Hals geknotet, während der obere Teil hinter ihm im Wind flatterte.

»Warum«, fragte ich, weil ich nicht anders konnte, »trägst du eine Schlafanzughose um den Hals?«

»Als Symbol meiner Schmach«, antwortete Jacob und ließ den Kopf hängen. »Ich habe unbeabsichtigt die Sünde Onans begangen.«

»Du hast was?«, platzte ich heraus. »Ausgerechnet du?«

»Was meinst du mit ›unbeabsichtigt‹?«, meldete sich Fon Pyre zu Wort.

»Sei gefälligst still, du widerliche Kreatur«, sagte Jacob, zog sein Kruzifix unter der Pyjamahose hervor und hielt es in Fon Pyres Richtung. »Ich habe geschlafen, als es passiert ist. Im Traum habe ich mich sündhaften Bildern und Begierden hingegeben.«

»Verstehe. Du hattest einen feuchten Traum«, schlussfolgerte ich.

»Meine Seele hat ohne Zweifel den Wunsch gehabt, zu sündigen«, erklärte Jacob. »Sobald ich eingeschlafen war, hat sie dieser Versuchung dann nachgegeben. Und als ich aufgewacht bin, war meine Pyjamahose befleckt.«

»Moment mal«, warf ich ein. »Sag bitte nicht, dass die Hose, die du um den Hals trägst, dieselbe ist, die …«

»Bah!«, stieß Fon Pyre aus. Um ein Haar hätte ich dasselbe getan.

»Das ist ja widerlich!«, sagte ich.

»Nicht weniger widerlich als meine Sünde«, antwortete Jacob. »Meine Mutter hat darauf bestanden, dass ich die Hose um den Hals trage, um Buße zu tun.«

»Aber du hast gar nichts falsch gemacht«, entgegnete ich. »Ein feuchter Traum ist etwas vollkommen Normales.«

»Es ist eine Sünde!«, rief Jacob. »Doch jetzt habe ich die Chance, es wiedergutzumachen, indem ich euch gefangen nehme und zurückbringe.«

Ich sah zu Fon Pyre. Und Fon Pyre zu mir.

»Jacob«, meinte ich. »Ein wirklich schönes Motorrad, das du da hast.«

23

Ich hatte ein ziemlich schlechtes Gewissen, weil ich Jacob niedergeschlagen hatte. Aber Fon Pyre und ich waren schließlich in Eile, und er hatte sich nicht besonders einsichtig gezeigt. Ich saß im Sattel der Maschine, hinter mir Jacob, der die Arme um mich geschlungen hatte.

Fon Pyre kauerte auf Jacobs Rücken und gab sich größte Mühe, nicht mit der flatternden Pyjamahose in Berührung zu kommen. Wäre es nach ihm gegangen, hätten wir Jacob zurückgelassen, doch ich brachte es einfach nicht übers Herz. Ich konnte nicht den einen Freund im Stich lassen, um den anderen zu retten.

»Wenn mich das Zeug berührt«, hatte Fon Pyre mich gewarnt, »bin ich weg.«

»Würde das nicht gegen den Ehrenkodex der Dämonen verstoßen?«, hatte ich ihn gefragt.

»Ja, das würde es.«

»Kannst du den Kodex brechen?«

»Nein, kann ich nicht.«

»Dann halt die Klappe und steig auf«, hatte ich ihn angewiesen, ehe wir uns auf die Suche nach Chester begaben.

»Ich kann es riechen«, sagte Fon Pyre, als wir nun die nächste Kurve erreichten.

»Hörst du eigentlich jemals auf mit deinem Gejammer?«, fragte ich ihn.

»Natürlich könnte ich das tun!«, schoss der Dämon zurück.

»Wieso siehst du dann nicht zu, dass du die Hose loswirst?«, schlug ich vor. »Schneid sie durch und wirf sie weg.«

»Dazu müsste ich sie ja anfassen«, erwiderte Fon Pyre. »Und das geht gar nicht. Ich würde lieber ...«

»Sei leise«, sagte ich. »Sieh mal, da vorne.«

In ungefähr einem Kilometer Entfernung konnten wir mehrere Autos mit Blaulicht ausmachen. Als wir näher kamen, entdeckten wir, dass es drei Polizeiwagen waren. Zwei davon hatten am Straßenrand angehalten, ein dritter war offenbar in einen Graben gerutscht. Noch bevor ich das umgenietete Straßenschild bemerkte, war mir klar, dass der Wagen, der von der Straße abgekommen war, Chesters Auto sein musste.

Er hatte anscheinend versucht, den Beamten zu entkommen, und den Preis dafür bezahlt. Was für ein Idiot, dachte ich, während ich zugleich hoffte, dass ihm nichts zugestoßen war.

»Was hast du vor?«, wollte Fon Pyre von mir wissen.

»Ich möchte, dass du die Polizisten entwaffnest«, antwortete ich. »Tu ihnen nicht weh, aber nimm ihnen die Waffen weg. Ich gehe und sehe nach Chester.«

Als ich das Motorrad neben den anderen beiden Autos parkte, näherten sich die vier Beamten – drei Männer und eine Frau – gerade mit gezückten Waffen dem Fluchtauto. Fon Pyre fackelte nicht lange, und ehe das Quartett wusste, wie ihm geschah, hatte der Dämon sämtliche Waffen weggeschlagen.

»Was zum ...?«, begann einer der Beamten.

»… Teufel ist …?«, sagte ein anderer.

»… das?«, meinte der dritte.

»Ahh!«, schrie der vierte.

»Das«, erwiderte ich und zeigte auf Fon Pyre, »ist ein Dämon. Er ist extrem gefährlich, aber er wird niemandem etwas zuleide tun – es sei denn, ich befehle es ihm. Hat mich jeder verstanden?«

Vier Köpfe nickten, während alle acht Augen auf Fon Pyre gerichtet waren. Einer der Polizisten bekreuzigte sich, woraufhin seine Kollegen es ihm gleichtaten.

»Behalte sie im Auge«, befahl ich meinem Dämon. »Sollte sich einer von ihnen bewegen, schlägst du ihn nieder.«

Fon Pyre nickte. Und damit machte er einen Satz auf den Polizisten zu, der ihm am nächsten war, und schlug ihm kräftig ins Gesicht.

»Halt!«, rief ich, als er im darauffolgenden Moment einem anderen Polizisten auf die Brust sprang. »Was machst du denn da?«

»Du hast gesagt, dass ich ihnen eins überbraten soll, wenn sie sich bewegen«, verteidigte sich Fon Pyre. Der Beamte, an dem er hing, begann zu hyperventilieren und wurde einen Augenblick später ohnmächtig.

»Aber das haben sie doch gar nicht«, wandte ich ein und fing den Mann auf. »Sie haben mucksmäuschenstill dagestanden.«

»Ihre Herzen schlagen«, hielt Fon Pyre dagegen. »Und außerdem atmen sie. Und die da …« Damit deutete er auf die einzige Frau in der Gruppe. »Die hat mit dem Auge gezuckt.«

»So meinte ich das doch gar nicht«, sagte ich.

»Dann drück dich nächstes Mal gefälligst deutlicher aus«, belehrte mich Fon Pyre. »Soll ich also verhindern, dass sich diese Staatsdiener hier feindselig verhalten, mein Herr und Meister?«

»Was auch immer«, entgegnete ich leicht genervt. »Sorg einfach dafür, dass sie nicht mehr an ihre Waffen kommen. Ich gehe jetzt und sehe nach Chester.«

Gesagt, getan. So lief ich zum dritten Polizeiwagen im Graben. Chester saß hinter dem Steuer, lag mit dem Oberkörper auf dem ausgelösten Airbag. Ich stieß einen Seufzer der Erleichterung aus. Die Chancen, dass er den Crash überlebt hatte, standen gut.

»Chester?«, sagte ich und öffnete die Fahrertür.

»Wow …«, antwortete Chester und umarmte den Airbag, als wäre er ein riesiger Teddybär. Mir fiel außerdem auf, dass Chester es nach meinem überstürzten Abgang irgendwie geschafft hatte, sich den Sicherheitsgurt anzulegen. Erstaunt schüttelte ich den Kopf und lachte. Eins musste man Chester lassen: Er hatte einen ziemlich ausgeprägten Überlebensinstinkt.

»Alles in Ordnung?«, erkundigte ich mich. »Irgendwas gebrochen?«

»Ich glaube nicht«, antwortete Chester. »Mann, so ein Airbag ist echt gemütlich.«

»Komm schon, steig aus«, sagte ich, packte ihn am Arm und zog. »Uns bleibt nicht viel Zeit, wir müssen …«

Weiter kam ich nicht. Ein unmenschlicher Schrei zerriss die Luft. Es klang wie ein Donnern, in das sich das Jaulen von tausend sterbenden Katzen mischte. Oder so, als würde Jennifer Carey singen. Na ja, so schrecklich nun auch wieder nicht. Als ich herumfuhr und sah, was gerade passierte, zog sich mir schmerzhaft der Magen zusammen.

Jacob war wieder ganz der Alte und hatte Fon Pyre von hinten gepackt. Unter normalen Umständen wäre das kein großes Problem für einen Dämon gewesen – doch Jacob drückte ihm dabei sein Kruzifix ins Gesicht. Das Kreuz war aus Silber; Jacob hatte es zu seiner Konfirmation bekommen. Ich erinnerte mich noch genau daran, wie er damit geprahlt hatte, dass seine Mutter es ihm aus Rom mitgebracht hatte und dass es vom Papst persönlich gesegnet worden war.

Bei Fon Pyres verzweifeltem Geschrei war ich nun doch dazu geneigt, ihm die Geschichte zu glauben.

»Hör auf, Jacob!«, schrie ich.

Als Jacob den Blick hob, fuchtelte Fon Pyre mit den Armen herum und traf ihn hart am Kinn. Jacob fiel nach hinten, und Fon Pyre prallte gegen einen der parkenden Wagen.

Gerade als ich so etwas wie Erleichterung empfinden wollte, geschahen zwei entsetzliche Dinge. Einer der Beamten angelte sich eine der Waffen, die am Boden lagen. Er entsicherte sie, zielte und drückte ab, woraufhin Fon Pyre auf die Straße geschleudert wurde.

So weit der erste Teil der Geschichte. Doch es kam noch schlimmer: Mit einem lauten Knall erwischte ein riesiger Sattelschlepper den durch die Luft wirbelnden Dämon. Und mit einem Fingerschnippen war mein Dämon einfach fort.

Fon Pyre, der Dämon, den ich heraufbeschworen hatte und der einen Eid geschworen hatte, mich für immer zu beschützen. Zugegeben, er hätte mich getötet, wenn er dazu die Gelegenheit bekommen hätte. Und ja, er hatte zweimal tatsächlich versucht, mich abzumurksen. Obwohl es beim zweiten Mal im Grunde eher unterlassene Hilfeleistung gewesen war, als er mich in dem brennenden Wandschrank zurückgelassen hatte.

Ja, er war ein niederträchtiger, kleiner Bastard. Aber irgendwie hatte ich mich an ihn gewöhnt. Ich war nicht bereit, ihn so bald wieder loszulassen. Meine Fassungslosigkeit war sogar so groß, dass Chester mir auf die Schulter klopfen und mich darauf hinweisen musste, dass mir jemand eine Pistole vor die Nase hielt.

»Stu«, meinte er. »Die Polizei möchte etwas von dir.«

Erst jetzt merkte ich, dass die vier Beamten ihre Pistolen eingesammelt hatten und einer direkt auf mich zielte. Das war bereits das zweite Mal innerhalb von zwei Tagen, dass ich mit einer Waffe bedroht wurde. Und schon beim ersten Mal hatte es mir nicht besonders gefallen.

»Hände hoch!«, brüllte der Polizist mit dem Revolver. »Aber ein bisschen plötzlich!«

Ich tat, was der Beamte sagte, und bereitete mich auf meine erste Festnahme vor. Was blieb mir in dieser Situation auch anderes übrig?

»Was ist mit mir?«, hörte ich Chester fragen. »Bin ich raus aus der Sache?«

Die Antwort der Polizisten verkneife ich mir lieber.

24

Das Verhör entpuppte sich als ziemlich zermürbend, was angesichts der jüngsten Ereignisse nicht besonders verwunderlich war. Schließlich waren vier Beamte ausgezogen, um zwei kriminelle Jugendliche dingfest zu machen, und letzten Endes hatten sie es mit einem übernatürlichen Wesen zu tun bekommen. Logisch, dass sie auf Antworten brannten.

Glücklicherweise befanden wir uns in der ländlichen Provinz Ontario. Hier vertrat jeder irgendeine religiöse Überzeugung, und für viele waren dämonische Vorkommnisse praktisch an der Tagesordnung. Deshalb erzählte ich meine ganze Geschichte so wahrheitsgemäß wie möglich und hoffte darauf, dass Officer Blooms abergläubisch war.

»Fassen wir noch einmal zusammen«, resümierte Officer Blooms mit einem Blick auf seine Notizen. »Ein gefallener Engel kommt in die Stadt und hetzt die Bewohner gegen dich auf. Du versteckst dich gemeinsam mit deinem Freund im Haus deines Priesters, das daraufhin von den Stadtbewohnern angegriffen und niedergebrannt wird. Anschließend suchst du im Keller eines verlassenen Geschäftshauses Zuflucht, wo du einen Dämon heraufbeschwörst, der …«, er hielt kurz inne, um seine Schrift zu entziffern, »… Fon Pyre heißt. Gemeinsam mit diesem Fon Pyre suchst du das Apartment von …«, wieder warf er einen Blick auf den Zettel, »… Mr. Brightly auf, mit der Absicht, ihn umzubringen.«

»Weil er der gefallene Engel ist«, fügte ich hinzu.

»Bitte unterbrich mich nicht«, wies Officer Blooms mich zurecht. »Du gibst an, dass dieser Mr. Brightly dich gekidnappt und deine Mutter dazu gebracht hat, dich mit Jodsalbe und schlechter Musik zu foltern. Doch dann hat dich dein Dämonenfreund gerettet, du wiederum hast Chester gerettet, und ihr habt gemeinsam ein Polizeiauto entwendet. Stimmt das so weit, junger Mann?«

»So in etwa«, sagte ich.

»Ihr seid auf dem Highway 400 in nördlicher Richtung unterwegs gewesen«, fuhr der Beamte fort, »bis du gemeinsam mit dem Dämon aus dem fahrenden Wagen gesprungen bist, weil ihr gemerkt habt, dass ihr verfolgt werdet. Im Anschluss daran hast du deinen Freund … Jacob Farmson angegriffen, ihn entführt und sein Motorrad entwendet. Danach hast du deinem Dämon befohlen, vier Polizeibeamte anzugreifen, während du dich um Chester gekümmert hast. Korrekt?«

»Ja«, bestätigte ich.

Einige Augenblicke starrte Officer Blooms mich schweigend an.

»Eines würde ich noch gerne wissen«, meinte er schließlich. »Warum sollte ich dir diese gequirlte Scheiße abkaufen?«

Was bin ich doch für ein Glückspilz, dachte ich.

»Die vier Polizisten haben den Dämon selbst gesehen«, betonte ich. »Einer hat sogar auf ihn geschossen.«

»Ich kann es kaum abwarten, bis ich die Berichte der Kollegen auf den Tisch bekomme«, gab er sichtlich genervt zurück. »Die strotzen meist nur so vor dämonischen Erscheinungen oder Teufeln, die Menschen verführen wollen, und solchem Mist. Früher habe ich es gehasst, dieses Zeug lesen zu müssen. Jedes Mal musste ich mich erst durch den unsäglichen religiösen Kram kämpfen, um an die harten Fakten zu gelangen. Irgendwann bin ich dazu übergegangen, das Ganze als Unterhaltung anzusehen. Mehr ist es nämlich nicht. Mag sein, dass meine Kollegen auf deine Geschichte reingefallen sind, mein Freundchen, aber mich führst du nicht hinters Licht. Haben wir uns verstanden?«

Ich nickte und senkte den Blick auf den Tisch. Fon Pyres Tod stand mir noch immer lebhaft vor Augen, und die Ereignisse der letzten Tage lasteten schwer auf meinen Schultern. Ich brauchte dringend eine Pause.

Und wie es aussah, würde ich in den Genuss einer sehr langen Auszeit kommen.

»Dann werde ich mich mal mit deinem ›gefallenen Engel‹ unterhalten«, sagte Officer Blooms und zeichnete Gänsefüßchen in die Luft, »um herauszufinden, was an deiner Geschichte dran ist. Obwohl ich da so meine Zweifel habe. Dir wird eine Menge zur Last gelegt, junger Mann, nur dass du es weißt. Da das Gesetz die Existenz von Engeln und Dämonen nicht anerkennt, solltest du«, fuhr er fort und beugte sich zu mir herüber, »darüber nachdenken, ob du auf Unzurechnungsfähigkeit plädierst.«

»Das werde ich«, sagte ich. »Nachdenken, meine ich.«

»Bis deine Mutter kommt und die Kaution entrichtet«, erklärte Officer Blooms mir, »bleibst du in unserer Obhut. Ich an deiner Stelle würde mir die ganze Geschichte noch einmal durch den Kopf gehen lassen und beim nächsten Mal lieber von Anfang an bei der Wahrheit bleiben.«

Ein weiterer Polizist, auf dessen Namensschild Clemments zu lesen war, führte mich aus dem Büro und in eine Zelle. Mit einem einzigen Blick erkannte ich, dass er von der eher frommen Sorte war. Zugegeben, das Holzkreuz, das er sich ans Hemd gesteckt hatte, war dabei ein nicht ganz unwesentlicher Hinweis. Auf dem Weg zur Zelle sagte Officer Clemments etwas höchst Ungewöhnliches und Beunruhigendes zu mir.

»Ich hoffe, du bist kein dreckiger Jude.«

»Nein«, erwiderte ich geschockt und war wie vor den Kopf gestoßen. »Meine Familie ist …«

»Gut«, gab er zurück.

Ich starrte ihn einen Augenblick lang an, ehe ich begriff.

»Lassen Sie mich raten«, sagte ich. »Sie mögen keine Juden in Ihrer Gemeinde.«

»Dreckige, geldgeile Lackaffen«, schimpfte der Officer. »Einer wie der andere.«

»Ach«, antwortete ich.

Ein weiterer gefallener Engel, der seinen Hass unter das Volk brachte. Wo hörte das auf?

Hörte es überhaupt je auf?

Meine Zelle hatte eine gewisse Ähnlichkeit mit einem Krankenhauszimmer, wenngleich sie nicht ganz so blitzsauber war. Ich hatte ein dunkles, feuchtes und heruntergekommenes Loch erwartet. Jeder, euch eingeschlossen, hätte mit etwas ähnlich Schrecklichem gerechnet.

Stattdessen waren die Wände weiß gestrichen und der Boden gefegt. Keine Spur von Feuchtigkeit. An den Wänden befanden sich zwei Etagenbetten, von denen zwei Pritschen belegt waren. Chester saß auf einem der oberen Betten und winkte mir zu, als er mich erblickte.

Der andere Zellenbewohner sah alt aus und roch (selbst

von der Tür aus) wie eine Kneipe. Er schlief auf der unteren Liege an der gegenüberliegenden Wand.

»Mach dir seinetwegen keine Sorgen«, sagte Officer Clemments. »Das ist Hammond. Vollkommen harmlos. Ein Säufer und Loser, aber harmlos. Und kein bisschen jüdisch.«

»Gut zu wissen«, entgegnete ich und betrat die Zelle. »Hey, Chester.«

»Die obere Pritsche gehört aber mir«, erwiderte er.

»Wie du willst«, antwortete ich. Hinter mir fiel die Zellentür mit einem satten Geräusch zu, so als würde sie sich nie wieder öffnen.

»Ich bin mir sicher, dass eure Eltern bald kommen werden«, sagte Clemments durch das Loch in der Tür. Vermutlich wollte er uns damit ein wenig Mut machen. Woher sollte er wissen, dass wir uns das Gegenteil wünschten? Unsere Eltern würden uns auf direktem Wege zurück zu Mr. Brightly bringen. Und dann würde ich doch noch das kochende Wasser abbekommen und dürfte mich von einigen wichtigen Körperteilen für immer verabschieden.

Bei der Aufnahme meiner Personalien hatte ich kurz mit dem Gedanken gespielt, eine falsche Telefonnummer anzugeben. Mir war jedoch klargeworden, dass ich mir nicht noch mehr Ärger einhandeln wollte. Da Officer Blooms in meinem Beisein bei mir zu Hause angerufen hatte, hätte er sofort mitbekommen, wenn etwas faul gewesen wäre. Und davon abgesehen, hätte Chester nie und nimmer eine falsche Nummer angegeben.

Ich legte mich auf die untere Pritsche und versuchte, die jüngsten Ereignisse zu verarbeiten. Immer wieder sah ich vor meinem geistigen Auge, wie die Kugel Fon Pyre traf. Sein schauerlicher Schrei hallte mir noch in den Ohren. Ich wünschte mir nichts sehnlicher, als in Ruhe einen Weg zu finden, um mit dem Tod des Dämons zurechtzukommen; aber wie sollte es anders sein? Es war mir einfach nicht vergönnt.

»Was machen wir denn jetzt?«, wollte Chester wissen.

»Wir warten«, erwiderte ich, »bis uns jemand hier rausholt, der uns noch rechtzeitig zum Jugendtreffen bringt.«

»Damit die Dämonen befreit werden und sich auf uns stürzen?«

»Wenn es passieren soll, dann passiert es eben«, sagte ich. »Brightly meint zwar, dass es nicht so weit kommt, weil er ja angeblich alles unter Kontrolle hat, aber ich glaube ihm nicht. Die Dämonen stecken noch zwischen den Welten. Aber inmitten von zwei Gruppen, die gelernt haben, wie man mit Leib und Seele hasst, finden sie mit Sicherheit einen Weg in unsere Welt.«

»Also«, meinte Chester, sprang von der Pritsche und sah mich an. »Was wollen wir dagegen tun?«

Ich schaute ihn an und legte die Stirn in Falten. »Was faselst du da?«, entgegnete ich. »Wir sitzen in einer Gefängniszelle fest! Und wenn wir sie verlassen, werden wir zu einem Mann gebracht, der die Kontrolle über unseren Verstand übernimmt.«

»Dann sollten wir schleunigst von hier verschwinden«, sagte Chester.

»Wie denn?«, fragte ich.

»Gott wird uns einen Weg zeigen.«

Ich starrte Chester einige Augenblicke lang an. »Du glaubst wirklich an den ganzen Kram, den sie uns in der Sonntagsschule eintrichtern, oder?«

»Es stimmt ja auch«, gab er zurück. »Gott findet immer einen Weg.«

»Tut er das?«, warf ich ein. »Was uns beide betrifft, hat er schließlich keinen Weg gefunden, um uns zusammenzubringen.«

Chester ließ den Kopf hängen und stieß einen Seufzer aus.

»Hör zu, es tut mir leid«, sagte er. »Vielleicht bin ich ein wenig … du weißt schon. Und vielleicht hätten wir … du weißt schon. Aber ich dachte doch, dass wir etwas Verbotenes getan haben. Komm schon, Mann! Ein gefallener Engel hat meine Gedanken kontrolliert. Was hätte ich denn machen sollen?«

Dagegen ankämpfen, dachte ich, behielt es aber für mich. Es wäre sinnlos gewesen, es auszusprechen. Chester war einfach nicht der Typ, der sich gegen Engel zur Wehr setzen konnte. Und ich musste ihm seine Schwächen ja auch nicht unbedingt unter die Nase reiben, oder?

Wenn ich jedoch zwischen den Zeilen las, hatte er soeben zugegeben, dass er schwul war. Immerhin ein Anfang, fand ich.

»Vergiss es und lass mich einfach in Ruhe«, entgegnete ich. »Es sei denn, du hast eine zündende Idee, wie wir hier rauskommen und zwei geistesgestörte gefallene Engel aufhalten.«

»Ich wüsste schon, wie.«

Schlagartig setzte ich mich auf und blickte zur Pritsche auf der anderen Seite des Raumes. Der haarige, stinkende Säufer, den Clemments uns als Hammond vorgestellt hatte, sah zu uns herüber.

»Wirklich?«, erkundigte sich Chester.

»Was wissen ausgerechnet Sie denn über gefallene Engel?«, fragte ich.

»Na ja«, antwortete Hammond gedehnt. »Ich bin selbst einer.«

25

Chester und ich starrten den offensichtlich verkaterten Hammond an und ließen sein Geständnis erst einmal gründlich auf uns wirken. Dann entfuhr mir ein Wort, das meinem Unglauben Ausdruck verlieh. Ihr wisst schon, ein Wort, das sich auf ›Schweißfleck‹ reimt.

»Stu!«, rief Chester. »Wenn der Allmächtige dich hört!«

»Jetzt erzähl mir nicht, dass du ihm glaubst«, meinte ich. »Weshalb? Bloß weil er es gesagt hat?«

»Nein ... Jedenfalls nicht nur«, antwortete Chester. »Ich habe außerdem dafür gebetet, dass etwas geschieht. Könnte doch sein, dass meine Gebete erhört wurden. Wenn der Typ da ein gefallener Engel ist, kann er uns vielleicht erklären, wie wir seine Kumpane aufhalten und die Stadt retten können.«

»Und wenn er lügt«, hielt ich dagegen, »haben wir einem Stadtstreicher zum Schenkelklopfer des Jahres verholfen.«

»Du hast eine ziemlich schlechte Meinung von deinen Mitmenschen«, bemerkte Chester. »Wieso bist du dir so sicher, dass er kein gefallener Engel ist?«

»Weil er hier in dieser Zelle steckt«, erwiderte ich. »Wäre er tatsächlich ein Engel, würde er einfach seine Kräfte einsetzen und die Cops dazu bringen, ihn freizulassen.«

»Vielleicht hat der Alkohol seine Kräfte geschwächt.«

»Mag sein«, sagte ich. »Aber beweist das irgendwas? Nein!«

»Du kannst nicht immer erst auf Beweise warten, Stu«, meinte Chester. »Manchmal muss man eben vertrauen können. Nehmen wir mal an, du hast recht, und er lügt. Was ist das Schlimmste, das passieren könnte? Er könnte uns auslachen, wie du bereits festgestellt hast. Wenn er jedoch die Wahrheit gesagt hat, dann …«

»Schon gut«, unterbrach ich ihn leicht genervt. »Dann lass uns mit ihm reden.«

»Entschuldigung, Sir«, sprach Chester den Mann an. »Mein Freund kann hin und wieder ein echter Trottel sein.«

»Hey!«, entfuhr es mir.

»Na ja, stimmt doch«, schoss Chester zurück. »Sir«, wandte er sich erneut an Hammond, »ich glaube Ihnen, und ich brauche Ihre Hilfe.«

»So viel habe ich schon mitbekommen«, antwortete Hammond und stieß einen Schwall fauligen Atems aus. »Ich werde euch Jungs sagen, was ihr wissen müsst. Aber vorher müsst ihr etwas für mich tun.«

»Einverstanden«, sagte ich und versuchte, nur noch durch den Mund Luft zu holen. »Was wollen Sie?«

»Ich möchte, dass ihr zwei mir etwas versprecht«, erklärte der Mann, »ihr dürft niemals eure Schwester heiraten.«

»Was?«, rief Chester.

»Das ist Ihr Reizthema?«, wollte ich wissen, woraufhin Hammond nickte.

Chester und ich sahen einander an. Und lächelten.

»Sir«, meinte ich. »Das ist ein Versprechen, das wir beide ohne Probleme halten können.«

Genau genommen war Hammond weniger ein gefallener Engel als ein ehemaliger gefallener Engel. Nachdem er den Himmel verlassen hatte, hatte er einen Laden in der Stadt eröffnet. Eine Weile lang waren alle auf seiner Seite gewesen und hatten gegen Inzest gewettert – in welcher Form er auch auftrat.

»Das Thema war in aller Munde«, erzählte Hammond. »Wenn ein Bruder in das Zimmer seiner Schwester ging – egal, aus welchem Grund –, wurden beide vor die Tür gesetzt. Wenn sich zwei Menschen küssten, wurden sie festgenommen, bis nachgewiesen werden konnte, dass sie nicht miteinander verwandt waren. Ich fand das alles wunderbar.«

»Bis etwas geschehen ist«, wagte ich mich vor.

»Bis ein anderer gefallener Engel in die Stadt gekommen ist«, fuhr Hammond fort.

»Lassen Sie mich raten«, sagte ich. »Einer, der Juden auf den Tod nicht ausstehen konnte.«

»Wie kommst du denn darauf?«, wollte Hammond von mir wissen.

»Nur so ein Gefühl«, antwortete ich ausweichend und dachte dabei an Officer Clemments.

»Und was ist dann passiert?«, hakte Chester nach.

»Wir kämpften gegeneinander«, antwortete Hammond. »Anfangs diskutierten wir nur, aber später flogen auch mal die Fäuste.«

»Wieso sollten denn ausgerechnet Engel miteinander kämpfen?«, fragte ich.

»Engel haben ein ausgeprägtes Gerechtigkeitsempfinden, das gleichmäßig auf alle Lebensbereiche ausgerichtet sein sollte«, erklärte Hammond uns. »Wenn wir fallen, dann deshalb, weil wir uns in eine bestimmte Sache verbissen haben.

Kommt ein anderer gefallener Engel des Weges, dessen Steckenpferd sich nicht mit dem unseren verträgt, setzen wir alles daran, um den Kontrahenten aus dem Feld zu schlagen. Weil er eine Bedrohung darstellt.«

»Aber ... warum?«, fragte Chester. »Ich meine, wenn die zwei Engel ihre Kräfte bündeln, könnten sie doch beide davon profitieren.«

»So läuft das aber nun mal nicht«, setzte Hammond dagegen. »Engel können nur kooperieren, wenn ihr Sinn für Rechtschaffenheit ausbalanciert ist. Wenn wir uns jedoch auf eine einzige Sache einschießen, nimmt diese uns vollkommen in Beschlag. Alles andere ist im besten Fall eine Ablenkung, im schlimmsten Fall ein Hindernis. Deshalb müssen wir zwangsläufig fallen. Den anderen Engeln sind wir dann ein Dorn im Auge, weil wir sozusagen aus der Art schlagen. Sie kommen einfach nicht mehr mit uns klar.«

»Ich raff's nicht«, sagte Chester. »Sollten Engel nicht das Gute verkörpern? Solltet ihr nicht zusammenarbeiten, um die Welt zu verbessern, statt euch gegenseitig fertigzumachen?«

»Natürlich sind wir die Macht des Guten«, entgegnete Hammond. »Es gibt Millionen von Engeln, die tagein, tagaus Gutes tun. Es ist nur so, dass einige wenige von uns ...«

»Zu Fanatikern mutieren?«, schlug ich vor.

»So ähnlich«, murmelte Hammond.

Chester wirkte, als könne er jeden Augenblick explodieren. Er sprang auf und stürmte auf die andere Seite der Zelle. Hammond ließ den Kopf hängen und blickte beschämt drein.

Na ja, dachte ich bei mir. Immerhin ein Anfang.

»Was ist dann passiert?«, wollte ich wissen.

»Unsere Anhänger schlossen sich uns an«, fuhr Hammond schließlich fort. »Sie konnten nicht tatenlos herumstehen und zusehen, wie sich ihre Meister bekämpften.«

»Klingt nach einem richtigen Aufstand«, bemerkte ich.

»So war es auch«, bestätigte er. »Doch dann geschah etwas Entsetzliches.«

»Lassen Sie mich raten«, sagte ich. »Zwischen dieser Welt und der Hölle hat sich ein Tor aufgetan, und eine Wagenladung Dämonen hat die Seiten gewechselt.«

»Nein. So weit ist es zum Glück nicht gekommen«, erwiderte Hammond. »Aber woher weißt du von alldem? Hast du etwa mit den Dämonen gesprochen? Dir ist schon klar, dass du ihnen nicht vertrauen kannst, oder?«

»Wenn Sie mich fragen«, hielt ich dagegen, »sind sie sehr viel vertrauenswürdiger als Engel. Bei einem Dämon kann man sich wenigstens sicher sein, woran man ist. Sie sind böse und töten dich, sobald sich ihnen die Chance dazu bietet. Engel hingegen ... Uns wurde immer eingebleut, ihr wärt heilige und vollkommene Wesen. Doch stattdessen kontrolliert und manipuliert ihr nur. Und ihr nehmt es einfach in Kauf, wenn nötig aus dem Himmel verstoßen zu werden. Im Gegensatz dazu hat man noch nie von einem Dämon gehört, der aufsteigt, oder?«

»Das ... das ... nimmst du sofort zurück«, stammelte Hammond. »Ihr solltet euch glücklich schätzen, dass es so etwas wie Engel gibt. Wenn wir nicht wären und die Wahrheit verkünden würden, müsstet ihr ...«

»Was?«, fuhr Chester ihm über den Mund. »Müssten wir dann selbst entscheiden, was gut oder böse ist?«

In dem Moment war ich wieder bis über beide Ohren in Chester verknallt. Am liebsten wäre ich zu ihm gerannt und hätte ihn innig geküsst. Schade, dass es noch eine Unmenge von Fragen gab, auf die erst eine Antwort gefunden werden musste.

»Wenn also die Dämonen nicht auf den Plan getreten

sind«, kehrte ich zum eigentlichen Thema zurück, »was ist dann passiert?«

»Eine Schwester und ein Bruder haben versucht, uns aufzuhalten«, sagte Hammond. »Die beiden waren Teenager, ungefähr in eurem Alter. Sie gehörten zu den vielen, denen Inzest vorgeworfen wurde. Die Stadtbewohner, die unter meiner Kontrolle standen, fielen über die beiden her und …«

»Und haben sie gelyncht, oder?«, vermutete ich.

»Ja«, antwortete Hammond. »Im selben Moment habe ich meine Kräfte eingebüßt.«

»Wie das?«, fragte Chester.

»Die Kräfte eines Engels«, erklärte Hammond, »stammen von den Menschen, die an ihn glauben. Wenn wir fallen, suchen wir uns Menschen, die wie wir denken und uns unbewusst Macht verleihen. Mit dem Tod der beiden Teenager haben die Menschen jedoch einen Moment der Klarheit erfahren. Und sie sind mehr als entsetzt darüber gewesen, was sie getan hatten. Daraufhin haben sie sich von ihrer Überzeugung, von ihrem Hassobjekt distanziert. Mit anderen Worten, sie haben mich nicht weiter unterstützt und mir keine Macht mehr erteilt.«

»Und Sie hatten keine Möglichkeit, sie zurückzubekommen?«, wollte Chester wissen.

»Doch, die hatte ich«, antwortete er. »Die Leute wussten ja nicht, dass ich es war, der ihre Gedanken beeinflusst hatte. Ich hätte nur genug Menschen gleicher Gesinnung finden müssen, die an mich glaubten. Doch mein Gegner witterte damals seine Chance, übernahm die Stadt und sperrte mich hier unten ein. Und wenn es nach ihm geht, bleibt das auch so.«

Gut, dachte ich. »Wollen wir mal zusammenfassen«, begann ich. »Um einen Engel zu entmachten, müssen wir seine

Anhänger dazu bekommen, etwas Grausames zu tun. Und dadurch erkennen sie, wer wirklich dahintersteckt.«

»So in etwa«, antwortete Hammond. »Sie brauchen einen Moment der Klarheit, aber ich fürchte, der lässt sich nur durch etwas Furchtbares herbeiführen.«

Ich dachte einige Minuten über seine Worte nach.

»Chester«, meinte ich, »kannst du dich daran erinnern, was Father Reedy uns von seinem Bruder erzählt hat?«

»Ja, dass er dank Reverend Feltless von einer aufgebrachten Menge getötet wurde«, antwortete er. »Und als wäre das nicht genug, haben sie außerdem seine Beerdigung sabotiert.«

»Stimmt«, sagte ich. »Als Father Reedys Bruder ermordet wurde, hat die Stadt einen lichten Moment erlebt. Feltless hat dadurch seine Macht verloren – ich nehme an, wir können ziemlich sicher sein, dass er der gefallene Engel ist. Jedenfalls muss der Protest bei dem Begräbnis Feltless' verzweifelter Versuch gewesen sein, die Stadt wieder auf seine Seite zu ziehen.«

»Klingt logisch«, stimmte Hammond zu. »Wenn vorher niemand Feltless persönlich als Ursache des Bösen erkannt hat, hat er auf jeden Fall die Chance gehabt, die Stadtbewohner zurückzugewinnen.«

»Was ihm ja auch irgendwann gelungen ist«, sagte Chester. »Das bedeutet, wir müssen allen unbedingt klar und deutlich zeigen, dass Brightly den ganzen Wahnsinn in Gang gesetzt hat. Nur so können wir ihn loswerden.«

»Genau«, antwortete ich.

»Klingt, als hättet ihr tatsächlich einen Plan.«

Mir klappte die Kinnlade herunter. Ich fuhr herum und riss die Augen auf. Zwischen den Gitterstäben der Zellentür hockte Fon Pyre.

»Wenn du auch nur daran denkst, mich zu umarmen«, sagte er und hielt seinen knorrigen Zeigefinger drohend in die Höhe, »dann überlege ich es mir in Zukunft zweimal, ob ich dir aus der Patsche helfe.«

Ich konnte es einfach nicht fassen. Auf Fon Pyres Brust prangte ein Mal an der Stelle, an der die Kugel in seinen Körper eingetreten war. Außerdem entstellte eine entsetzliche Narbe in Form eines Kreuzes sein Gesicht – aber er lebte.

»Du lebst!«, rief ich.

»Klar doch«, antwortete er. »Du hast doch nicht allen Ernstes geglaubt, dass ein Dämon sich von solchen Kleinigkeiten wie einer Kugel oder einem Truck aufhalten lässt, oder?«

»Doch, irgendwie schon«, erwiderte ich. »Aber pass auf!«, fügte ich schnell hinzu und deutete auf Hammond. »Der Typ da drüben ist ein gefallener Engel.«

»Er hat keine Macht«, entgegnete Fon Pyre. »Für mich stellt er keine Gefahr dar.«

»Das werden wir ja noch sehen«, fauchte Hammond, richtete sich blitzschnell auf und machte einen Satz auf Fon Pyre zu.

Der Dämon streckte die Hand aus, fing den gefallenen Engel ab und hob ihn hoch. Betont gelangweilt gähnte er.

»Du würdest mir nicht den Gefallen tun«, meinte er zu mir, »und deine Anweisung, dass ich niemanden verletzen darf, zurücknehmen, oder?«

»Nein«, antwortete ich.

»Mist!«, sagte Fon Pyre und schleuderte Hammond zurück auf die Pritsche, als wäre es eine seiner leichtesten Übungen. »Wenn ich dich hier rausholen soll, müsstest du mir aber wenigstens erlauben, dass ich den Cops da oben ordentlich eine verpassen darf. Wenn wir vorne rauswollen, führt nämlich kein Weg an ihnen vorbei.«

»Gibt es auch einen Hinterausgang?«, erkundigte sich Chester.

»Ja«, gab Fon Pyre zurück. »Aber das Problem bleibt dasselbe. Oben wimmelt es nur so von Uniformträgern. Wenn du also nicht zufällig weißt, wie du uns per Magie an einen anderen Ort transportieren kannst, solltest du mir grünes Licht geben, damit ich wenigstens einer Handvoll Polizisten eins überbraten kann.«

Ich öffnete den Mund, um etwas zu sagen, schloss ihn aber gleich wieder. Als ich mir Fon Pyres Worte noch mal gründlich durch den Kopf gehen ließ, kam mir eine Idee. Nein, es war mehr als eine Idee. Ein Plan.

Ein gefährlicher Plan. Ein verrückter Plan. Wenn er jedoch funktionierte …

»Komm schon, Stu«, drängte Chester mich. »Gib deinem Dämon die Lizenz zum Prügeln, damit wir endlich von hier wegkommen.«

»Nein«, sagte ich mit einem Lächeln.

»Nein?«, fragte Chester.

»Nein?«, wiederholte Fon Pyre. »Es ist ganz toll, dass du so anständig bist und dass du Gewalt verabscheust. Aber wenn du ausbrechen möchtest, dann …«

»Wir werden nicht ausbrechen«, unterbrach ich ihn. »Wir werden uns zu Mr. Brightly bringen lassen.«

»Stu!«, rief Chester.

»Spinnst du jetzt vollkommen?«, meinte Fon Pyre.

»Vielleicht«, entgegnete ich. »Ich habe einen Plan, Fon Pyre. Wenn er funktioniert, sind wir die Engel und die Dämonen auf einen Schlag los.«

»Und was, wenn er nicht funktioniert?«, fragte Fon Pyre.

»Dann sind wir tot«, antwortete ich knapp. »Und jetzt erzähle ich euch, was ich vorhabe …«

26

Freitagnachmittag um halb vier wurden wir entlassen und in die Obhut unserer Mütter gegeben. Sie waren gemeinsam mit dem Pick-up von Chesters Mom gekommen – genau dieses Auto hatte ich wegfahren sehen, nachdem der Ziegelstein in unserem Wohnzimmerfenster gelandet war. Ich fragte mich, ob Chesters Mutter überhaupt wusste, dass ihr Auto für Randale benutzt worden war, entschied aber, das Thema nicht anzuschneiden.

Nachdem unsere Mütter die Kaution entrichtet hatten, führten sie uns zum Wagen. Abgesehen von »Los, beweg dich!« und »Rein mit dir!« sprachen die beiden keinen Ton mit uns. Ich vermutete, dass sie sich die Standpauke aufsparen würden, bis wir auf dem Highway waren. Chester blickte so nervös drein, dass ich dachte, er könne sich jeden Moment übergeben. In erster Linie machte ich mir jedoch Sorgen darüber, was geschehen würde, wenn wir Ice Lake erreichten. Was hatte Mr. Brightly wohl mit uns vor? Und würde mein verzweifelter Plan aufgehen?

Immerhin war Mr. Brightly nicht persönlich erschienen, um uns in Empfang zu nehmen. Mit seiner Gabe, Gedanken zu lesen, hätte er im Nu herausgefunden, was ich vorhatte. Sowohl Fon Pyre als auch Hammond hatten mir zahlreiche

Tipps mit auf den Weg gegeben, wie ich verhindern konnte, dass der Engel in meinen Geist eindrang, aber keiner davon garantierte mir hundertprozentigen Schutz. Fon Pyre hatte vorgeschlagen, meinen Verstand mit zusammenhangslosen Bildern zu füllen, damit Brightly nicht entscheiden könne, worauf er sich konzentrieren solle. Hammond meinte, ich solle an nichts denken, denn so könne der Engel auch nichts entdecken. Kurzfristig würden beide Strategien sicher funktionieren. Sobald ich dem Einfluss des Engels jedoch länger ausgesetzt wäre, gäbe es nichts, das mich beschützen würde. Früher oder später würde sich ein Gedanke einschleichen, der mich verriet.

Fon Pyre hätte mich zwar gegen Brightly abschirmen können, aber der Engel hätte seine Gegenwart zu schnell gewittert. Davon abgesehen hatte ich dem Dämon eine andere Aufgabe gegeben. Ich betete, dass er es rechtzeitig schaffte. Und natürlich, dass alles klappte.

»Ich hoffe, ihr zwei habt die Zeit im Gefängnis genutzt, um zu beten und einmal gründlich in euch zu gehen«, sagte Chesters Mom, als wir gerade auf den Highway eingebogen waren. »Immerhin habt ihr eine Menge Schuld auf euch geladen.«

»Das haben wir, ehrlich«, gab Chester kleinlaut zurück. »Ich werde nie wieder ein Polizeiauto stehlen.«

»Das meine ich nicht, und das weißt du genau«, erwiderte seine Mom.

»Ach wirklich?«, sagte ich. »Einen Polizeiwagen zu klauen ist also nicht so schlimm, wie sich einen runterzuholen?«

»Stuart!«, rief meine Mutter. »Es gibt keinen Grund, sich so vulgär auszudrücken und sich derart aufzuführen.«

»Das kommt darauf an«, antwortete ich, »was mit uns geschieht, wenn wir nach Hause kommen.«

»Ihr werdet eure gerechte Strafe bekommen«, erklärte Mom.

»Das haben wir uns schon gedacht«, entgegnete ich. »Von welcher Art Bestrafung sprechen wir denn?«

»Eine, die euren Vergehen angemessen ist«, meinte Chesters Mom und klang dabei in meinen Ohren so, als wäre sie nicht sonderlich überzeugt.

»Sie klingen nicht sonderlich überzeugt«, sagte ich. »Sind Sie wirklich der Meinung, dass Ihr Sohn und ich verdienen, was Mr. Brightly sich für uns überlegt hat?«

»Nun ...«, setzte sie an, hielt inne und hüllte sich in ein langes Schweigen. Eines, das neue Hoffnungen in mir weckte.

»Ja, das sind wir«, schaltete meine Mom sich ein, womit sie mir gleich wieder den Wind aus den Segeln nahm. »Wir wollen nicht vergessen, dass du den Stein erst ins Rollen gebracht hast.«

Ich hätte darauf hinweisen können, dass Mr. Brightly hinter der ganzen Hysterie steckte, aber welchen Zweck hätte das gehabt? Und bei genauer Betrachtung war eigentlich mein Bruder an allem schuld, weil er mich verpetzt hatte. Doch auch das behielt ich für mich – es hätte nichts genutzt, es auszusprechen.

»Ist Dad sehr wütend?«, fragte Chester.

»Das ist nur eine Frage der Zeit«, antwortete seine Mutter. »Ich habe nämlich seine Kreditkarte benutzt, um die Kaution zu bezahlen.«

»Das hast du getan?«, meinte Chester und wirkte beinahe erfreut.

»Geschieht ihm recht«, sagte sie. »Hätte er dich nicht vor die Tür gesetzt, wäre dein Vergehen eine Familienangelegenheit geblieben. Dann wärst du nie bei ... ihm gelandet.« Sie warf mir einen bitterbösen Blick zu.

»Sie sprechen hier über meinen Sohn, vergessen Sie das bitte nicht«, wies meine Mom sie zurecht. Ich strahlte innerlich. Das ließ mich sogar beinahe vergessen, was sie in Mr. Brightlys Apartment mit mir vorgehabt hatte. Aber eben nur beinahe.

Zwanzig Minuten später fuhren wir auf den Parkplatz der Kirche. Im Wender's Park hinter der Kirche wimmelte es von Menschen. Es schien, als hätte sich die gesamte Stadt versammelt, um sich die Show anzusehen. Und dass es eine Show werden würde, war deutlich zu erkennen: In der Mitte der Wiese war eine Bühne aufgebaut worden, um die die Zuschauer im Gras saßen.

Ich wusste nicht, um was für ein Spektakel es sich handelte, aber mich plagte das ungute Gefühl, dass ich die Hauptattraktion dabei war.

»Kommt mit«, befahl meine Mom, als wir ausstiegen. »Die anderen warten schon.«

Einen Moment lang spielte ich mit dem Gedanken wegzulaufen. Das wäre zwar feige, aber Tapferkeit hatte sich in letzter Zeit ohnehin nicht sonderlich ausgezahlt. Wenn ich jedoch weglief, würde mein Plan nicht aufgehen. Damit würde ich zwar meine eigene Haut retten, aber zwei Städte ihren gestörten gefallenen Engeln überlassen. Ich hatte die Möglichkeit, sie aufzuhalten, und ich musste sie nutzen.

Die Tatsache, dass Officer Harpur uns mit gezückter Dienstwaffe in Empfang nahm, hatte meine heldenhafte Entscheidung natürlich überhaupt nicht beeinflusst. Na ja, vielleicht ein bisschen.

»Meine Damen«, begrüßte er unsere Mütter und lüpfte den Hut, ehe er Chester und mich ins Visier nahm. »Wo ist mein Wagen?«, knurrte er.

»Wir … äh«, setzte Chester an.

»Ich habe ihn zu Schrott gefahren«, schaltete ich mich ein. »Als ich auf der Flucht vor der Highway-Polizei war.«

Chester warf mir einen verdutzten und zugleich dankbaren Blick zu.

»Du hast was?«, entfuhr es Harpur.

»Aber keine Sorge, mir geht es gut«, antwortete ich.

»Fragt sich nur, wie lange noch«, erwiderte er. »Hier entlang. Bewegt euch.«

Der Officer führte uns um die Menge herum zur Bühne. Daneben entdeckte ich die anderen Mitglieder unserer Jugendgruppe. Und natürlich Mr. Brightly.

Oje, dachte ich.

»Seht mal«, kam eine Stimme aus der Menge, »der verlorene Sünder kehrt zurück!«

Verlorener Sünder? Das ergab doch gar keinen Sinn. Aber die Zuschauer interessierten sich wohl herzlich wenig für Logik, denn ein ohrenbetäubender Applaus brandete auf. Ein paar besonders eifrige Zuschauer warfen mit Gegenständen nach uns. Das hörte jedoch schlagartig auf, als Officer Harpur von einer fauligen Tomate getroffen wurde.

»Hört auf damit!«, rief er. »Die beiden werden schon bekommen, was sie verdienen. Habt etwas Geduld.«

»Stu?«, raunte Chester. »Bist du dir wirklich sicher, dass wir das durchziehen sollen? Ich habe Angst.«

»Und ich erst«, sagte ich und meinte es ernst. Warum sollte ich so tun, als wäre ich obercool? »Sorg einfach dafür, dass du an nichts denkst.«

»Ich weiß nicht, ob ich das kann«, flüsterte er.

Ich musste mir auf die Zunge beißen, um nicht lauthals loszulachen. »Ich weiß, dass du es kannst, Chester«, erklärte ich. »Mag sein, dass ich im Moment nicht so recht an Gott glaube, aber an dich glaube ich ganz fest.«

Das brachte mir ein breites Lächeln ein. Wenn das hier vorbei ist, dachte ich, sollten Chester und ich vielleicht doch einen zweiten Versuch miteinander starten.

Vorausgesetzt, wir überlebten. Mein Blick glitt zu den Dämonen, die über der Menge und um sie herum schwebten. Dieses Mal waren sie noch deutlicher zu erkennen. Offenbar waren sie unserer Welt wieder ein Stück näher gekommen.

Ich dachte wieder an meinen Plan. Wenn etwas schiefging, würden wir alle sterben. Grausam sterben.

Ganz ruhig, sagte ich mir im Stillen und leerte meinen Kopf. Nur wenige Schritte trennten uns noch von der Jugendgruppe. Und von Brightly.

»Stuart! Chester!«, rief Jane. Sie saß neben Ryan, Lucie, Paul und Jacob – den anderen Mitgliedern unserer sündhaften Gang. Der Rest der Gruppe – darunter auch Mrs. Farmson – hatte etwas abseits von ihnen Platz genommen. Doch es gab eine Person, die sich zu den schwarzen Schafen gesellt hatte.

»Father Reedy!«, rief ich. Eine hässliche Platzwunde zierte seine Schläfe, aber er war tatsächlich am Leben. Obwohl ich nicht an Brightlys Worten gezweifelt hatte, fühlte ich mich bei seinem Anblick doch sehr erleichtert.

»Es wurde aber auch höchste Zeit, dass ihr Jungs endlich kommt«, meinte Mrs. Farmson, richtete sich auf und griff nach ihrer Handtasche. »Wir wollten gerade anfangen.«

»Ich habe lange darüber nachgedacht, wie deine Bestrafung aussehen soll, Stuart«, meldete sich Mr. Brightly zu Wort. »Ich denke, dies ist die beste Lösung, und ich bin überzeugt davon, du wirst mir zustimmen.«

Mrs. Farmson öffnete ihre Tasche und holte einen Stapel Papiere hervor. Die eine Hälfte überreichte sie Chester, die andere mir. Erst jetzt fiel mir auf, dass die anderen Sünder bereits Blätter in der Hand hielten.

»Am besten, ihr macht euch gleich daran, euren Text zu lernen«, riet Mrs. Farmson uns. »Wir sind unmittelbar nach der Gruppe aus Wernsbridge dran.«

»Unseren Text?«, fragte ich und warf einen Blick auf die Seiten. »O nein …«, entfuhr es mir, als ich mich daran erinnerte, dass der ursprüngliche Grund für diese Veranstaltung das Treffen der Jugendgruppen war. Und jetzt wurde uns die zweifelhafte Ehre zuteil, etwas vorzusingen und ein selten dämliches Theaterstück aufzuführen.

Meine Bestrafung war viel schlimmer, als ich gedacht hatte.

27

Als Erstes waren die Lieder an der Reihe. Beide Gruppen – die Jugendlichen aus Wernsbridge und wir – traten auf die Bühne und gaben beliebte Popsongs zum Besten, die mit neuen christlichen Texten versehen worden waren.

»Und das ist für die, die tatsächlich glauben, dass die Bibel langweilig ist!«, rief Mrs. Farmson in die Menge. »Hört euch das mal an!«

Auf ihr Kommando legten wir los. Wir machten weder vor Elvis und den Beatles noch vor den Bee Gees halt: *Love Me, Savior*, *We All Live in a Jesus Submarine* und *Savior's Alive*. Ich konnte geradezu spüren, wie sich der King, John Lennon und die anderen bei unserem Gejaule in ihren Gräbern umdrehten.

Während wir sangen, ließ ich meinen Blick über die Menge schweifen. Wie ich schon sagte, hatte es den Anschein, als wäre die gesamte Stadt gekommen, um dem Spektakel beizuwohnen. Erst jetzt fiel mir auf, dass Wernsbridge ebenfalls fast vollständig anwesend war.

»Guck mal!« Chester stupste mich an und machte eine Kopfbewegung. »Reverend Feltless!«

Beim Anblick des Mannes, der mit eiserner Faust über die

Seelen von Wernsbridge regierte, musste ich schlucken. Wie bei unserer letzten Begegnung war er von Kopf bis Fuß in Schwarz gekleidet und trug die blaue Baseballkappe seines Lieblingsvereins auf dem Kopf. Als sich unsere Blicke kreuzten, bestand für mich kein Zweifel mehr daran, dass auch er ein gefallener Engel war. Jetzt mussten wir nur noch dafür sorgen, dass sich die beiden Engel stritten.

Nach der musikalischen Glanzleistung räumte unsere Gruppe die Bühne, damit die Kids aus Wernsbridge ihr Theaterstück aufführen konnten. Ich wäre jede Wette eingegangen, dass es sich gegen Homosexualität richtete – und hätte gewonnen.

»Hey, Joe!«, sagte einer der Schauspieler. »Was trinkst du denn da?«

»Hey, Stan!«, antwortete Joe und hielt eine Milchtüte in die Höhe. »Ich trinke homogenisierte Milch. Manche sagen zwar, dass reine Milch besser ist, aber ich bin nun mal mit dieser homogenisierten Milch geboren worden.«

Meine Augenbrauen wanderten hinauf, meine Kinnlade klappte herunter. Das war unmöglich ihr Ernst, oder?

»Komm schon, Joe!«, meinte Stan, »die Milch hast du doch im Geschäft gekauft, oder?«

»Ja, du hast natürlich recht.«

»Du weißt aber, dass reine Milch besser für dich ist, oder?«

»Ja, stimmt schon wieder«, räumte Joe ein.

»Trotzdem hast du dich dafür entschieden, diese homogenisierte Milch zu kaufen«, sagte Stan. »Obwohl du weißt, dass reine Milch die bessere Wahl wäre?«

»Ja, habe ich.«

»Was, wenn du später mal gesundheitliche Probleme bekommst?«, fuhr Stan fort. »Was wirst du deinem Arzt dann sagen? ›Ich konnte nicht anders, ich wurde mit homogenisierter Milch geboren‹?«

»Nein, das würde ziemlich bescheuert klingen«, gab Joe zurück.

»Weißt du, es gibt dort draußen tatsächlich Menschen«, sagte Stan und wandte sich zum Publikum, »die meinen, Homosexualität sei angeboren. Sie behaupten, es sei keine bewusste Entscheidung, das eigene Geschlecht zu bevorzugen. Und das, obwohl …«

»Bestraft endlich die Selbstbeflecker!«, kam eine entnervte Stimme aus der Menge.

»Genau!«, rief ein Zweiter. »Wir wollen sehen, wie sie leiden.«

»Hey! Haltet die Klappe und lasst sie weitermachen!«, brüllte eine dritte Person; vermutlich jemand aus Wernsbridge.

»Ja, lasst sie weitermachen«, ergriff Reverend Feltless das Wort und ließ den Blick über das Publikum schweifen.

Nachdem wieder Stille eingekehrt war, ging die Schmierenkomödie weiter.

Die restlichen Mitglieder der Jugendgruppe aus Wernsbridge betraten die Bühne. Stolz hielten sie Schilder in die Höhe: Darauf standen Zitate aus der Bibel, die angeblich schwulen- und lesbenfeindlich waren. Stan und Joe erklärten sie der Reihe nach. Am Ende liefen alle an den Bühnenrand, drehten ihre Plakate um und sangen die Botschaft auf der Rückseite:

»GOTT MAG HOMOGENISIERTE MILCH, ABER KEINE HOMOS!«

Damit wurde wieder auf den Anfang des Stücks verwiesen, und der Kreis schloss sich in diesem Affentheater. Aber immerhin war der Spruch besser als der Slogan aus dem vorangegangenen Jahr: »Homo oder bi – beides ist ein Schuss ins Knie.«

Während die Wernsbridger voller Enthusiasmus klatschten, machten die Bewohner von Ice Lake nur anstandshalber mit. Wenig später wurden die Rufe nach den Bestrafungen wieder lauter.

»Du bist dran«, sagte Mr. Brightly und sah dabei Ryan an.

»O nein«, stöhnte ich, als Ryan auf die Bühne eilte. »Sag jetzt bitte nicht, dass er rappt.«

Doch genau das tat er. Es war grausam. Ich stellte meine Ohren kurzerhand auf Durchzug und widmete mich stattdessen meinem Skript. In dem Stück sollte ich an einen Stuhl gefesselt werden. Währenddessen sollten die anderen darüber sprechen, wie teuflisch Selbstbefriedigung war und dass es eine ganze Reihe von Dingen im Leben eines Teenagers gab, die ihn zu dieser entsetzlichen Sünde treiben konnten. Im Anschluss daran würden sie sich über mich unterhalten und mich bestrafen. Im Skript stand zwar nicht genau, wie die Strafe aussah. Angesichts der Tatsache, dass ich an einen Stuhl gefesselt war, war ich mir jedoch sicher, dass mir etwas Schmerzhaftes bevorstand.

Als Ryan seinen Rap beendet und dafür stürmischen Applaus eingeheimst hatte, ging er mit stolzgeschwellter Brust von der Bühne. Im selben Moment gab Brightly uns ein Zeichen. Ehe ich wusste, dass ich überhaupt aufgestanden war, lief ich bereits mit den anderen in Richtung Bühne. Mrs. Farmson trug einen Gartenstuhl, ein Seil und ein Einmachglas mit einer ekelhaft aussehenden, trüben Flüssigkeit – ich nahm an, dass das Zeug für mich bestimmt war.

Kurz bevor ich an Brightly vorbeiging, entdeckte ich auf der anderen Seite der Bühne Feltless. Das war womöglich der ideale Zeitpunkt, um …

Sofort leerte ich meinen Kopf und dachte an nichts, tat es aber leider nicht schnell genug. Brightly drehte sich zu mir um und hob argwöhnisch eine Augenbraue.

»Was war das, Stuart?«, fragte er. »Was versuchst du, vor mir geheim zu halten?«

Ich blieb stumm und starrte einfach geradeaus. Als Brightly mir in die Augen sah, konnte ich spüren, wie mein innerer Widerstand bröckelte.

»Versteck dich nicht vor mir«, warnte er mich.

Ich schloss die Augen und dachte an Werbespots, obwohl ich wusste, dass es nicht ausreichen würde. Mir blieben allerhöchstens ein paar Sekunden, ehe der Engel doch meine Gedanken anzapfen würde.

Ich sah zu Chester hinüber, der vor lauter Bemühen, an nichts zu denken, das Gesicht verzogen hatte. Gut, dachte ich. Als ich mich wieder Brightly zuwandte, entschlüpfte mir etwas.

»Was war das?«, sagte Brightly mit einem Lächeln. »Du wolltest erzählen, dass Reverend Feltless ein gefallener Engel ist, genau wie ich?«

»Stu!«, rief Chester.

»Mein lieber Junge, das weiß ich doch längst!«, fuhr Brightly spöttisch fort. »Hattest du etwa gehofft, dass deine Enthüllung uns dazu bringen würde, miteinander zu kämpfen?«

»Ich muss schon zugeben, Brightly«, mischte sich jetzt Feltless ein, »wenn wir nicht übereinander Bescheid gewusst hätten, hätte sein Plan sogar funktionieren können.«

»Mensch, Stuart!«, schrie Chester. »Du hast alles kaputt gemacht.«

»Rauf auf die Bühne«, wies Brightly uns an. »Mrs. Farmson, bitte sorgen Sie dafür, dass seine Fesseln fest sitzen.«

Ich kletterte auf die Bühne und folgte Mrs. Farmson, die in der Mitte stehenblieb. Während er mich leise verwünschte, lief Chester neben mir her.

»Ich kann es nicht fassen, dass du alles ausgeplaudert hast«, murmelte er.

»Nicht alles«, erwiderte ich. Dann drehte ich mich herum und küsste ihn auf die Lippen.

28

Noch nie in meinem Leben hatte ich eine so tiefe Stille erlebt. Für die Dauer von mindestens fünf Sekunden hätte man problemlos eine Fliege furzen hören können.

Es war ein riskanter Schachzug, so viel stand fest. Auf der anderen Seite hätte Brightly um ein Haar Wind von meinem eigentlichen Plan bekommen und dann genug Zeit gehabt, mich aufzuhalten. Außerdem hatte ich einiges damit riskiert, mich auf Chester zu verlassen. Wenn er nicht mitgespielt hätte, wäre mein Plan zum Scheitern verurteilt gewesen.

Aber er hatte tatsächlich mitgespielt! Und obwohl sich unsere Lippen nur für einen ultrakurzen Moment berührt hatten, war es der beste Kuss meines Lebens gewesen.

Reverend Feltless reagierte als Erster. Er schob sich an Brightly vorbei und schubste uns so kräftig, dass wir beide von der Bühne flogen.

»Homos!«, fauchte er. »Du hast mir nicht gesagt, dass du es mit Homos zu tun hast, Brightly.«

»Dafür habe ich überhaupt keine Veranlassung gesehen«, erwiderte Brightly. »Schließlich sind sie hier, um für ein noch viel schlimmeres Vergehen bestraft zu werden.«

»Onanie ist keine Sünde«, schoss Feltless zurück. »Nicht im eigentlichen Sinne.«

»Ist es doch!«, entgegnete Brightly. »Die schlimmste aller Sünden.«

Während der Streit immer mehr eskalierte, rappelte ich mich auf. Die beiden Engel reagierten genau so, wie ich es mir erhofft hatte. Um mich herum erhob sich ein wütendes Gemurmel in der Menge, die Dämonen in der Luft über uns materialisierten sich zunehmend.

Ich lief zu Chester. Er stöhnte vor Schmerzen, schien sich aber nichts getan zu haben.

»War das der echte Plan?«, fragte er mich.

»Ja«, gab ich zu. »Tut mir leid, dass ich dich so überrascht habe.«

Ich warf einen Blick zurück auf die Bühne. Während Brightly und Feltless sich gegenseitig anschrien, versuchten Mrs. Farmson und Officer Harpur ohne großen Erfolg, die beiden zu beruhigen. Nicht mehr lange, und die beiden würden handgreiflich werden.

»Chester!«

»Stuart!«

Als wir aufschauten, sahen wir, wie unsere Mütter auf uns zugeprescht kamen.

»Alles in Ordnung mit dir? Bist du verletzt?«, fragte Chesters Mom ihren Sohn, während meine Mutter dasselbe von mir wissen wollte.

»Was hast du nur getan?«, sagte meine Mom.

»Wir mussten es tun«, antwortete ich. »Geht lieber ein Stück zurück. Es dürfte hier gleich ziemlich hässlich werden.«

Als zwischen den beiden gefallenen Engeln die Fäuste flogen, wichen Harpur und Jacobs Mutter zurück. Fast zeitgleich kam es zu kleineren Prügeleien zwischen den Bewohnern von Wernsbridge und Ice Lake. Jetzt waren die Dämonen fast schon zum Greifen nahe. Die Lage spitzte sich zu und drohte zu kippen, wenn mein Plan nicht aufging.

»Stuart, die Dämonen!«, schrie Father Reedy. »Was hast du getan?«

»Ich habe alles unter Kontrolle«, erwiderte ich – und hoffte inständig, dass ich damit recht hatte. »Lasst uns von hier abhauen.«

»Du!«

Ich fuhr herum und blickte in die wütenden Augen der beiden Engel. Nach ihrem erbitterten Faustkampf trugen beide Platzwunden im Gesicht. Im Moment richteten sie ihre Aufmerksamkeit jedoch auf mich, das Symbol für Homosexualität und Onanie.

Die gefallenen Engel ließen schließlich voneinander ab und rasten mit wutverzerrten Gesichtern auf mich zu.

»Lasst ihn in Ruhe!«, rief Father Reedy und stellte sich beschützend vor mich. »Wie steht es in der Bibel? Liebe deinen Nächsten wie dich …«

Mr. Brightly packte ihn und warf ihn wie ein nasses Handtuch achtlos beiseite. Im selben Augenblick legte ich den Rückwärtsgang ein. Aber ehe ich wusste, wie mir geschah, wickelten sich Brightlys und Feltless' Hände um meinen Hals und drückten zu. Ihre Finger schienen aus Eisen zu sein – und ich war mir nicht sicher, ob sie mich erdrosseln oder mir den Kopf abreißen wollten.

Mein letztes Stündlein hatte geschlagen. Zumindest wäre es so gewesen, wenn Mom sich nicht geistesgegenwärtig dazu entschieden hätte, ihrem Sohn das Leben zu retten. Wie aus dem Nichts tauchte sie hinter den Engeln mit dem Glas auf, das Mrs. Farmson auf die Bühne gebracht hatte, und goss ihnen den stinkenden Inhalt über die Köpfe.

Schlagartig ließen Brightly und Feltless von mir ab und rissen die Hände vor die Gesichter, während sich die faulige Flüssigkeit durch ihre Haut fraß. Säure, schoss es mir durch den Kopf. Mrs. Farmson hatte tatsächlich vorgehabt, mir meine Männlichkeit wegzuätzen! Der Schrecken darüber ließ mich erstarren, doch Mom packte mich am Arm und zog mich auf die Füße.

»Ich habe dich, Liebling«, sagte sie.

Ich hatte nicht gedacht, dass sie mich je wieder so nennen würde. Trotz meines höllisch schmerzenden Halses gelang mir ein Lächeln.

Als mein Blick jedoch zur Menge glitt, löste sich mein Lächeln in Wohlgefallen auf. Die Hälfte der Zuschauer war in Handgreiflichkeiten verwickelt, und die Kämpfe wurden immer schlimmer. Und die Dämonen …

Die Dämonen brachen durch. Während ich zusah, materialisierten sich mehr als hundert dieser teuflischen Kreaturen zwischen den Leuten und um sie herum. Panik erfüllte mich von Kopf bis Fuß. Es war nur eine Frage von Sekunden, bis sie endgültig in unsere Welt übertreten und alles und jeden in Stücke reißen würden. Und durch einen solchen Akt von mutwilliger Boshaftigkeit würden sie sich einen dauerhaften Zugang zu unserer Welt verschaffen. Als die Zuschauer merkten, was geschah, schrien sie wie am Spieß. Im selben Moment setzten die Dämonen zum Sprung an, fuhren ihre Krallen aus und …

Und lösten sich in Luft auf. Jedes einzelne dieser Höllenwesen.

»Es hat funktioniert«, krächzte ich. »Fon Pyre hat es geschafft!«

Das war der letzte Teil des Plans. Als einer von ihnen kannte Fon Pyre besser als jeder andere die Namen der Dämonen, die in unsere Welt eindringen wollten. Außerdem konnte er sie spüren und wusste deshalb genau, wann sie durchbrechen würden. Ich hatte Fon Pyre aufgetragen, das größte Beschwörungsdreieck zu zeichnen, das ihm möglich war. In dem Moment, in dem sie die Grenze übertreten wollten, sollte Fon Pyre die Dämonen dann alle heraufbeschwören und sie dahin zurückschicken, woher sie gekommen waren.

Das Problem war gelöst. Bin ich brillant, oder was?

Ich eilte zum Rand der Bühne. Uns blieben nur wenige Sekunden, ehe die Menge sich wieder fangen würde. Dies war unsere einzige Chance, um das Desaster ein für alle Mal zu beenden.

»Hallo, ihr«, begann ich mit rauher Stimme. Dank der Nummer, die die beiden Engel mit mir abgezogen hatten, konnte ich nicht lauter sprechen. »Bitte, hört mir zu.«

»Alle mal die Klappe halten!«, brüllte Chester und stellte sich neben mich. »Wir müssen euch dringend etwas sagen.«

Mitten im Kampf hielten die Leute inne, alle Augen waren auf uns gerichtet. Ich hatte noch nie erlebt, dass Chester seine Stimme so erhoben hatte. Und auch keiner von den anderen – da wäre ich jede Wette eingegangen.

»Was macht ihr da?«, fuhr Chester fort. »Habt ihr nicht gesehen, was gerade passiert ist? Wir waren von Dämonen umzingelt, von leibhaftigen Dämonen! Und sie waren nur da, weil die beiden dort drüben«, erklärte er und deutete auf die beiden Engel, »euren Hass geschürt haben.«

»Er hat recht«, pflichtete Jane ihm bei und gesellte sich zu uns. »Wir sind gute Menschen. Wir hassen nichts und niemanden – es sei denn, der Hass wird von außen an uns herangetragen.«

Ich zuckte innerlich zusammen, entschied aber, es so stehenzulassen. Ob das tatsächlich so stimmte und wir alle im Grunde die reinsten Unschuldslämmer waren, darüber könnten wir später noch streiten.

»Diese Kinder sagen die Wahrheit«, schaltete Father Reedy sich ein. »Seht nur, was ihr euch gegenseitig antut. Und was ihr uns antun wolltet. Verhält sich so eine Gemeinde, die ihre Nächsten liebt?«

Als sich in der Menge Gemurmel bemerkbar machte, dachte ich für einen Moment, wir hätten die Leute wirklich erreicht. Doch just in dem Moment stießen uns die beiden Engel zur Seite und lenkten die Aufmerksamkeit der Zuschauer wieder auf sich. Ihre Gesichter sahen aus wie immer. Ich hatte ganz vergessen, mit welchen Kräften sie ausgestattet waren.

»Es stimmt, ihr habt euch dem Hass hingegeben«, sagte Brightly, »aber ich vergebe euch. Jetzt ist die Zeit der Liebe gekommen – der härtesten Form der Liebe, die existiert. Ihr müsst diesen Sündern eure Liebe beweisen, indem ihr uns erlaubt, sie zu bestrafen. Allein schon dem Wohl ihrer Seelen wegen müssen sie Buße tun.«

O nein, dachte ich. Sie drehen den Spieß um, ziehen die Menschen wieder auf ihre Seite …

»Wir fangen mit den Homos an«, ergriff Feltless das Wort und packte Chester und mich.

»Wir fangen mit den Selbstbefleckern an«, hielt Brightly dagegen und funkelte Feltless an.

Oder auch nicht. Vielleicht wollten sie die Gewalttätigkeit wieder aufflammen lassen. Ich wollte etwas sagen – irgendetwas –, um das Unabwendbare doch noch abzuwenden. Aber mein Hals wollte einfach nicht mitspielen.

Ich sah mich nach irgendeinem Zeichen um, das Anlass zur Hoffnung gab. Father Reedy, meine Mutter, Jane, Jacob und seine Mutter schrien die Engel an, um sie dazu zu bewegen, dem Wahnsinn ein Ende zu machen. Selbst wenn sie sie hörten, ließen die beiden sich jedoch nichts anmerken.

Paul, Ryan und Lucie waren indes von der Bühne verschwunden. Ich beobachtete, wie sie in Richtung Kirchenparkplatz rannten. Aus den Augenwinkeln heraus entdeckte ich noch jemanden, der rannte – und zwar genau auf uns zu …

Ich riss die Augen auf. Es war Fon Pyre! Der Dämon machte einen Satz auf die Bühne, wo er schlitternd zwischen den beiden erstaunten Engeln zum Stehen kam.

»Ich bin frei!«, rief Fon Pyre in die Menge. »Euer Hass hat mich befreit. Und ohne euch zwei«, sagte er und sah zu Brightly und Feltless auf, »hätte ich das nie geschafft!«

Als die beiden Engel sich wieder gefangen hatten, wollten sie sich auf Fon Pyre stürzen. Doch der Dämon war schneller, schlug einen Haken und schoss davon. Brightly und Feltless verloren keine Zeit. Sie sprangen von der Bühne und verfolgten Fon Pyre bis in den Wald auf der anderen Seite des Parks.

»Spinnt der jetzt total?«, fragte Chester. »Was sollte das denn?«

Ich dachte kurz nach und musste lächeln. Fon Pyre hatte der Menge zunächst eine letzte Lektion erteilt: Er hatte die Leute daran erinnert, was geschah, wenn sie den gefallenen Engeln die Macht über sich erteilten. Anschließend hatte der Dämon die beiden Engel weggelotst, damit sie die Menge nicht wieder manipulieren konnten. Als ich nun in die Menge schaute, erkannte ich, dass die Leute sich vom Einfluss der Engel befreit hatten und wieder zu sich kamen. Kopfschüttelnd murmelten viele vor sich hin, und ich konnte aus verschiedenen Ecken ein »Was haben wir nur getan?« vernehmen. Oder so etwas in der Richtung.

»Kein schlechter Plan«, meinte Chester, als ich ihm Fon Pyres Verhalten erklärt hatte. »Aber was ist mit den Engeln? Sie werden ihn umbringen.«

Mein Lächeln verschwand. Mit einem Schlag wurde mir der wahre Grund für Fon Pyres vermeintliche Selbstopferung klar. Ehe ich wusste, was ich tat, war ich mit einem Satz von der Bühne gesprungen und hastete dem Dämon und den beiden Engeln nach.

»Stu! Was ist los?«, wollte Chester wissen, der sich an meine Fersen geheftet hatte.

»Die Engel sind jetzt machtlos!«, sagte ich. »Fon Pyre wird sie umbringen.«

»Na und?«, meinte Chester. »Genau das wolltest du doch, oder?«

»Das war einmal«, antwortete ich. »Und ich kann mich übrigens noch gut daran erinnern, wie du versucht hast, mich davon abzubringen.«

»Das war nur, weil ... Ich meine, ich habe nicht ... Das war was ganz anderes.«

»Nein«, entgegnete ich, »war es nicht.«

Kaum hatten wir den Wald betreten, entdeckten wir die beiden Engel. Fon Pyre hatte sie an einen Baum gefesselt und stand mit einem selbstzufriedenen Gesichtsausdruck daneben.

»Und ich dachte schon, du würdest den beiden das Licht auspusten«, sagte ich.

»Du hast befohlen, dass ich niemandem weh tun darf, schon vergessen?«, gab der Dämon zurück. »Daran halte ich mich. Egal, wie schwer es mir fällt.«

»Nicht schlecht, Fon Pyre«, meinte ich und bewunderte sein Werk. Die Kleider der Engel hingen in Fetzen herab. Die längeren Stücke hatte der Dämon dazu benutzt, um die beiden festzubinden.

»Es ist vorbei!«, rief Chester. »Wir haben gewonnen!« Im selben Moment packte er mich und gab mir einen leidenschaftlichen Kuss, den ich nur zu gern erwiderte. Das hatte ich mir verdient. Das hatten wir uns beide verdient.

»Widerlich!«, sagte Reverend Feltless.

»Wenigstens spielen sie nicht an sich selbst herum«, fügte Mr. Brightly hinzu.

»Äh, Jungs?«, schaltete sich Fon Pyre ein. »Ihr solltet lieber aufhören. Es ist nämlich noch nicht vorbei.«

»Was meinst du damit?«, fragte ich, ehe ich sah, wovon er sprach.

Die Zuschauer strömten in Richtung Wald. Einige von ihnen trugen Fackeln mit sich, obwohl es helllichter Tag war. Andere waren mit Stöcken bewaffnet, und ein paar wenige – wie Officer Harpur – hatten Waffen dabei. Genau wie damals vor Father Reedys Haus.

»Was geht hier vor sich?«, fragte Chester atemlos. »Wir haben die Engel doch besiegt. Sie sind machtlos! Wie können die Leute denn noch immer …«

»Sie werden nicht von den Engeln gelenkt«, antwortete ich. »Sie kommen nicht unseretwegen. Sondern wegen der Engel.«

29

»Scheiße«, entfuhr es mir, während ich zusah, wie die Menge immer näher kam. »Am besten, du versteckst dich, Fon Pyre. Aber bleib in der Nähe.«

»Aye, aye«, antwortete der Dämon und verschwand.

»Was machen wir jetzt?«, fragte Chester nervös, den Blick auf die beiden Engel gerichtet.

»Lasst uns frei«, schlug Reverend Feltless vor.

»Habt Erbarmen«, sagte Mr. Brightly. »Ihr dürft nicht zulassen, dass sie uns töten. Bitte!«

Erneut schaute ich zu dem Mob herüber, der sich zu gleichen Teilen aus Stadtbewohnern und Gästen aus Wernsbridge zusammensetzte. Die, die keine Waffen hatten, lasen Steine auf. Höchstens eine Minute noch, dann wäre die Meute bei uns. Ich wollte mir gar nicht ausmalen, was dann geschehen würde.

»Wir müssen sie freilassen«, entschied ich. »Fon Pyre, schneide ihre Fesseln durch.«

»Geht leider nicht«, ertönte die Stimme des Dämons irgendwo über unseren Köpfen.

»Wie bitte?«, fragte ich und sah hinauf in das Gewirr aus Ästen.

»Ich darf es nicht«, erklärte Fon Pyre. »Der Dämonen-

Kodex. Ich bin dazu verpflichtet, dich zu beschützen – und nur dich.«

»Fon Pyre«, sagte ich, »hiermit befehle ich dir …«

»Angenommen, sie kommen frei«, fiel der Dämon mir ins Wort. »Auf wen wird sich die Wut des Mobs dann wohl richten? Genau. Auf dich. Das muss ich verhindern.«

»Aber sie werden die Engel umbringen!«

»Ich weiß. Kann es kaum abwarten.«

Wieder sah ich zur aufgebrachten Menge hinüber. Die Farmsons führten den Mob an, während dicht hinter ihnen meine Jugendgruppe folgte. Sogar Jane hatte sich ihnen angeschlossen. Mr. Phillips, der Leiter der Jugendgruppe aus Wernsbridge, lief mit seinen Schützlingen neben ihnen her. Die Tatsache, dass auch Officer Harpur eine Fackel trug, ließ klar erkennen, dass es hier nicht um Recht und Ordnung ging.

»Irgendwelche Vorschläge?«, fragte ich Chester.

»Beten?«, antwortete er und faltete die Hände.

»Ich meinte praktische Vorschläge«, sagte ich.

»Versuch es doch mal«, erwiderte Chester. »Was hast du schon zu verlieren?«

Ich dachte kurz über seine Worte nach und kam zu dem Schluss, dass er recht hatte. Also schloss ich die Augen, konzentrierte mich und betete.

»Gott«, begann ich. »Wäre schön, wenn du mir helfen könntest …«

»Aus dem Weg, Jungs.«

Ich öffnete die Augen. Der Mob war angekommen.

»Zwingt uns nicht, euch ein zweites Mal zu bitten«, warnte Mr. Phillips uns.

»Moment noch!«, warf ich ein. »Denkt erst darüber nach, was ihr vorhabt.«

»Das haben wir«, erwiderte Mr. Phillips. »Wenn wir sie nicht mit den Steinen erledigen können, versuchen wir es eben mit Feuer.«

»Das wäre Mord«, entgegnete ich.

»Um ein Haar hätten die beiden uns in hasserfüllte Monster verwandelt«, meldete sich Mrs. Farmson zu Wort.

»Um ein Haar?«, wiederholte ich. »Seht euch doch nur an!«

»Stu«, murmelte Chester und zog an meinem Arm. »Wir sollten uns besser aus dem Staub machen.«

»Was ist mit Vergebung?«, startete ich einen neuen Versuch. »Was ist mit Gnade? Glaubt ihr wirklich, Gott würde wollen, dass ihr …«

Im selben Moment traf mich ein Stein an der Schläfe, und ich stürzte seitlich zu Boden.

An das, was danach passierte, kann ich mich nur schemenhaft erinnern. Ich hörte Rufe, Schreie und das Surren unzähliger Steine. Hände packten mich und führten mich fort. Schließlich fand ich mich – gemeinsam mit Father Reedy und meiner Schwester Tiffany – auf der Rückbank unseres Wagens wieder. Mom fuhr, und Josh saß auf dem Beifahrersitz.

»Ist er …?«, fragte Mom.

»Er wird wieder«, antwortete Father Reedy. »Er ist nur ein wenig benommen.«

»Wer … hat diesen Stein nach mir geworfen?«, fragte ich.

»Zerbrich dir darüber jetzt nicht den Kopf«, meinte Father Reedy zu mir. »Du hast ganz schön Glück gehabt, weißt du das eigentlich? Du hast genau vor den Engeln gestanden. Wenn der Stein dich nicht umgerissen hätte, dann …«

»Die Engel!«, fiel es mir wieder ein. »Was ist mit ihnen passiert?«

»Frag lieber nicht«, gab Tiffany zurück.

Bei unserer Ankunft zu Hause waren meine Kopfschmerzen so gut wie weg. Mit einem beklemmenden Gefühl in der Brust betrat ich das Haus. Ich war tatsächlich wieder zu Hause. Die ganze Tortur war überstanden.

Zumindest dachte ich das. Ich schlüpfte in meinen Schlafanzug und kletterte endlich wieder in mein eigenes Bett. Gerade liebäugelte ich mit dem Gedanken, mir ein wenig Entspannung zu verschaffen, als Fon Pyre neben mich auf das Bett hüpfte.

»Meinst du nicht auch, dass du dir damit bereits genug Ärger eingehandelt hast?«, fragte er.

»Was ist denn schon dabei?«, sagte ich. »Es ist vorbei. Aus, Ende, vorbei.«

»Das stimmt nicht, und das weißt du genau«, entgegnete der Dämon. »Zugegeben, du hast Ice Lake und Wernsbridge von den Engeln befreit, was im Übrigen eine ziemliche Leistung war, Kleiner. Aber du scheinst zu vergessen, dass du beinahe von den Menschen gesteinigt worden wärst, die eigentlich dabei zusehen wollten, wie dir dein bestes Stück weggeätzt wird.«

»Aber sie standen unter dem Einfluss der Engel«, hielt ich dagegen. »Und anschließend waren sie noch … ein bisschen durch den Wind. Da sind sie halt durchgedreht.«

»Genau«, sagte Fon Pyre. »Einmal verrückt, immer verrückt. So heißt es doch, oder? Vor allem, wenn man gerade erst geholfen hat, jemanden abzumurksen.«

»Ja, kann sein«, erwiderte ich und dachte daran zurück, wie ich selbst versucht hatte, Brightly umzubringen. »Die Stadt hat sich verändert. Ist es das, was du mir sagen wolltest?«

»Erraten«, meinte Fon Pyre. »Aber denen da draußen gefällt diese Tatsache genauso wenig wie dir. Die Menschen sehnen sich danach, dass alles wieder so wird wie früher. Sie wollen, dass das Ganze endlich ein Ende findet. Was aber nicht geht, solange du noch da bist.«

»Du meinst …«

»Ich meine«, sagte Fon Pyre, »dass du der Stadt den Rücken kehren solltest, wenn dir dein Leben lieb ist.«

Ich wollte es nicht glauben, musste aber notgedrungen zugeben, dass die Beweislage ziemlich erdrückend war. Samstagnachmittag ging Mom mit mir einkaufen, um einige der Sachen zu ersetzen, die sie aus dem Fenster geworfen hatte. Egal, in welches Geschäft wir kamen: Der Unterschied zu früher war deutlich zu spüren. Finstere Blicke, Gespräche, die abrupt beendet wurden, und so weiter. Mom versuchte, mich aufzuheitern, indem sie so tat, als würde sie nichts bemerken. Dennoch war ihr anzusehen, dass sie sich schämte, mit mir zusammen gesehen zu werden.

Am Sonntag – eine Woche nachdem das ganze Durcheinander begonnen hatte – gingen wir wieder in die Kirche. Während Father Reedy sich zurückzog, um sich für die Messe vorzubereiten, straften die anderen Kirchgänger uns mit Missachtung. Allen voran die Farmsons, was im Grunde nicht besonders verwunderlich war, wenn man bedachte, dass Mrs. Farmson die Säure mitgebracht hatte.

Doch es kam noch schlimmer. Als Mom, Tiffany, Josh und ich uns setzten, standen die anderen in der Reihe geschlossen auf, um sich neue Plätze zu suchen. Wir blieben die Einzigen auf der langen Bank. Als Chester und Jane mir zuwinkten, bekamen sie prompt Schelte von ihren Eltern.

In einem entlegenen Winkel meines Inneren konnte ich Fon Pyres Stimme hören: »Habe ich es dir nicht gleich gesagt?«

»Stuart«, flüsterte meine Mutter mir zu und zog einen

Zettel aus ihrer Handtasche. »Father Reedy hat das hier gestern für dich abgegeben.«

Fragend blickte ich sie an. Schließlich nahm ich das Blatt und las die Nachricht. Und las sie gleich darauf noch mal. Ich sah zu Mom. Sie nickte kurz und wandte sich ab, um sich mit einem Taschentuch die Augen abzutupfen.

Ich musste einen Augenblick nachdenken. »Ich gehe …«, sagte ich dann und versuchte es sofort erneut: »Ich gehe mal zur Toilette.«

»Das fällt dir aber ein bisschen spät ein«, meckerte Tiffany mich an. »Die Messe kann jeden Augenblick anfangen.«

Das glaube ich kaum, dachte ich und schaute zu Mom. Sie wusste Bescheid. Vermutlich hatte sie gestern Abend alles Nötige mit Reedy besprochen. Sie erwiderte meinen Blick flüchtig, ehe sie den Kopf senkte.

Anschließend wandte ich mich meinem kleinen Bruder zu. Josh betrachtete mich, und mir war klar, dass er wusste, dass etwas im Busch war.

»Bis bald, kleiner Bruder«, raunte ich, erhob mich und ging los.

An der Tür drehte ich mich ein letztes Mal um. Ich fing Chesters Blick auf und sah ihm einen Moment lang in die Augen, ehe ich durch die Tür schritt.

»Können wir los?«, fragte Father Reedy, der bereits im Kirchenfoyer auf mich wartete. Statt seiner Predigerkluft trug er ein blaues Hemd, eine khakifarbene Freizeithose und eine Lederjacke. Er sah aus wie jemand, der zu einer Reise aufbrach. Und ich würde ihn begleiten.

»Lieber jetzt als gleich«, antwortete ich und folgte ihm nach draußen. »Könnten wir kurz bei mir zu Hause anhalten, damit ich ein paar Sachen einpacken kann?«

»Schon erledigt«, sagte Reedy und deutete auf sein Auto.

Daneben entdeckte ich Fon Pyre, der auf einem der alten Koffer meiner Mutter stand. Seit unserem Umzug nach Ice Lake hatte ich das Ding nicht mehr gesehen.

»Sind Sie sich auch ganz sicher, dass die Leute hier meine Familie besser behandeln, wenn ich nicht mehr da bin?«

»Das hoffe ich zumindest«, antwortete Reedy. »Die Ereignisse vom vergangenen Freitag haben mein Bild von der Gemeinde allerdings gründlich erschüttert. Aber ich bin mir sicher, dass deine Familie mehr zu leiden hätte, wenn du bleiben würdest.«

»Wohin fahren wir eigentlich?«, erkundigte ich mich.

»Ich habe Verwandte in Orillia«, erwiderte Reedy. »Dort können wir fürs Erste unterkommen. Bis wir unsere nächsten Schritte geplant haben und …«

»Stu! Stu!«

Ich fuhr herum und sah Chester, der auf uns zugerannt kam.

»Stu, warte, fahr noch nicht!«, rief er und kam kurz vor mir schlitternd zum Stehen. »Ihr wollt abhauen, stimmt's? Also, ihr wollt die Stadt für immer verlassen, meine ich.«

»Deine Auffassungsgabe ist wirklich nicht von dieser Welt«, bemerkte ich augenzwinkernd.

»Ist ja schon gut«, meinte Chester. »Tja, äh, kommt ihr denn wieder?«

»Vorerst nicht«, gab Reedy zurück.

»Oh«, sagte Chester. »Das ist ziemlich … schade. Ich meine, du und ich, wir … wir sind uns doch nähergekommen und …«

»Jetzt küss ihn endlich«, unterbrach Fon Pyre ihn leicht genervt.

Und genau das taten wir dann auch. Es war großartig. Und bittersüß. Immerhin würde ich ihn für eine ganze Weile nicht sehen. Und für wie lange, das wusste niemand so genau.

»Schaffst du das?«, fragte ich ihn. »Nach allem, was geschehen ist, meine ich.«

»Ich pack das schon«, versicherte Chester mir. »Solange ich den Herrn auf meiner Seite habe, ist alles … Ach, das willst du sicher gar nicht hören, oder?«

»Ich verlasse die Stadt mit einem Ex-Priester«, sagte ich. »Früher oder später muss ich mir so was in der Richtung sowieso anhören. So langsam glaube ich sogar schon, dass ihr doch irgendwie recht habt.«

Immerhin wusste ich bereits, dass es einen Gott gab. Fon Pyre hatte es mir vor einiger Zeit bestätigt. Bislang hatte ich von dem Wissen nur noch keinen Gebrauch gemacht, weil ich nicht wie die anderen Christen sein wollte, die ich kannte. Ich wusste Dinge, die sie nicht wussten. Dadurch hatte ich das Gefühl, etwas Besseres zu sein – was ich aber natürlich nicht war. Ich hatte lediglich einen Informationsvorsprung.

Allmählich kam mir der Verdacht, dass Chester, Jane und die anderen hingegen etwas wussten, das mir bislang verborgen geblieben war. Vielleicht war es an der Zeit, sich mit dem Phänomen des Glaubens eingehender zu beschäftigen.

»Stuart, wir sollten jetzt los«, drängte Reedy. »Es kann nicht mehr lange dauern, bis jemand den Zettel findet, den ich in der Sakristei hinterlassen habe.«

»Sie haben ja recht«, sagte ich. »Tschüs, Chester. Vergiss mich nicht.«

»Bestimmt nicht«, antwortete er, ehe wir uns zum Abschied noch einmal küssten.

»Jetzt hört doch mal auf damit«, beschwerte Fon Pyre sich.

»Halt die Klappe, Dämon, und kümmere dich lieber um meinen Koffer«, entgegnete ich.

»Verdammter Dämonen-Kodex«, murmelte Fon Pyre, während er meinen Koffer auf die Rückbank bugsierte. »Vielleicht wäre es doch besser gewesen, du wärst gesteinigt worden.«

»Genau genommen bin ich gesteinigt worden«, antwortete ich. »Und du hast nichts unternommen, um mich zu retten.«

»Das stimmt so nicht«, schaltete Reedy sich ein und ließ den Motor an.

»Und ob das stimmt!«, wetterte ich. »Ich bin so hart am Kopf getroffen worden, dass ich sofort hingefallen bin. Und ich wäre wahrscheinlich draufgegangen, wenn mich die anderen nicht aus der Schusslinie gebracht hätten.«

»Ich weiß«, antwortete Fon Pyre mit einem breiten Lächeln. »Deshalb habe ich den Stein ja geworfen.«

»Du warst das?«, rief ich, was zur Folge hatte, dass sein Grinsen immer breiter wurde. »Du kleiner ... Wieso warst du dazu überhaupt fähig? Schließlich musst du doch den Ehrenkodex der Dämonen erfüllen.«

»Wenn ich dich nicht ohnmächtig geschlagen hätte«, erklärte Fon Pyre mir, »wärst du vielleicht wirklich draufgegangen. In solchen Fällen darf ich laut Dämonen-Kodex durchaus auf drastischere Maßnahmen zurückgreifen.«

»Schon klar«, sagte ich. »Aber beschütz mich beim nächsten Mal bitte auf etwas weniger brutale Weise.«

»Ich will hoffen, dass es kein nächstes Mal gibt«, meinte Reedy, als wir vom Parkplatz fuhren.

»Das kann man nie wissen«, warf Fon Pyre ein. »Es gibt eine Menge gefallener Engel da draußen.«

»Wenn die auch nur einen Funken Grips haben«, sagte ich, »machen die einen großen Bogen um uns.«

Ich winkte Chester ein letztes Mal zu, ehe wir Ice Lake hinter uns ließen.